Christoph Weidlich

Lexikon oder kurzgefasste Lebensbeschreibungen aller

jetztlebenden Rechtsgelehrten

in alphabetischer Ordnung

Christoph Weidlich

Lexikon oder kurzgefasste Lebensbeschreibungen aller jetztlebenden Rechtsgelehrten
in alphabetischer Ordnung

ISBN/EAN: 9783741168468

Hergestellt in Europa, USA, Kanada, Australien, Japan

Cover: Foto ©Raphael Reischuk / pixelio.de

Manufactured and distributed by brebook publishing software
(www.brebook.com)

Christoph Weidlich

Lexikon oder kurzgefasste Lebensbeschreibungen aller

jetztlebenden Rechtsgelehrten

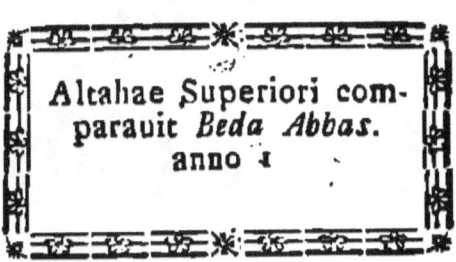

Christoph Weidlichs

Lexicon

oder

kurtzgefaßte

Lebensbeschreibungen

aller jetztlebenden

Rechtsgelehrten

Bibliot. in *Oberalla*

Alphabetischer Ordnung.

Halle bey Johann Heinrich Grunert

1 7 6 6.

A.

1) Abercromby (Jacobus)

Lehrer des Natürlichen und Teutschen Rechts auf der Universität zu **Edinburg** in Schottland.

2) Achenwall (Gottfried)

Phil. & J. U. Doctor, Königl. Groß-Britannischer, und Chur-Braunschweig-Lüneburgischer Hof-Rath, und ordentlicher Professor des Natürlichen Rechts und der Politik auf der Universität zu Göttingen: Ist A. 1719. den 20 Oct. zu Elbingen in Preußen gebohren, studirete seit Ostern 1738. zu Jena, seit Ostern 1740. zu Halle, seit Michaelis 1741. wieder zu Jena, und seit Ostern 1742. zu Leipzig. Von da kam er A. 1743. nach Dreßden als Hofmeister zu denen Söhnen des damahligen Chur-Sächsischen Geheimbden-Raths und Cantzlers, von Gersdorff. Nachdem er aber A. 1746. zu

A 2   Leipzig

Leipzig Magister worden, begab er sich um Ostern
1746. nach Marburg, und hielt daselbst unter
andern hauptsächlich über die Historie, Statistik,
und das Natur-und Völckerrecht Academische
Vorlesungen. Um Ostern 1748. folgte er einem mit einigem Gehalte, und der Hofnung wei-
terer Beförderung verknüpften Antrage, zu Göttingen seine Academische Vorlesungen fortzuse-
tzen, ward auch darauf noch in eben demselben
Jahre im September, Adjunctus der dasigen
Philosophischen Facultät, und im Novemb. Professor Philosophiæ Extraordinarius, so dann A.
1751. außerordentliches Mitglied der Göttingischen Societät der Wissenschafften, (welche Stelle er jedoch nachher wieder niedergeleget hat)
Hierauf ward er ferner im April 1753. Professor Juris Extraordinarius, im September 1753.
Professor Philosophiæ Ordinarius, A. 1761.
Professor Iuris Naturæ & Politices Ordinarius,
A. 1762. im October, Iur. U. Doctor, und A.
1765. Hoff=Rath. Während seines Aufent-
halts in Göttingen hat er zwey beträchtliche gelehrte Reisen gethan: 1) Von Ostern bis Michaelis 1751. durch die Schweitz und Franckreich über Straßburg, Basel, Bern, Genf, Lyon,
Marseille, Toulon, Montpellier, Nimes, Tou-
louse, Bourdeaux und Paris, und 2) von O-
stern biß Michaelis 1759. nach Holland und
Engelland.

    S. 1) Herrn H.R. *Böhmers Progr. De obligatio-*
      ne domini in renovatione investituræ sine diffi-
      cultate concedenda. Gottinga 1752. und 2)
                           Herrn

Herrn HR. Pütters Versuch einer Academischen
Gelehrten Geschichte von der Universität Göttingen.
§. 73. S. 149. — 151.

3) von Aeminga (Siegfried Cæso)

I. U. Doctor, Profeſſor Iuris Canonici & Feudalis auf der Univerſität zu Greifswald, der
Juriſten-Facultät Senior, und Director des
Königl. Schwediſchen Conſiſtorii im Herzogthum Pommern und Rügen; Iſt A. 1710. den
3 December zu Möllen im Mecklenburgiſchen
gebohren, ſtudirete ſeit 1729. zu Greifswald an-
fänglich die Gottesgelahrheit, hernach aber ſeit
1733. die Rechtsgelehrſamkeit, und ſetzte dieſe
von 1736. biß 1738. zu Halle fort. Nach voll-
lendeten Academiſchen Jahren wollte er ein Advocat werden, bekam aber die Hofmeiſter-Stelle
bey einem jungen Grafen von Meyerfeld, mit
dem er ſich zwey Jahr lang in Schweden auf-
hielt. A. 1740. kam er mit demſelben wieder
nach Greifswald, und ward allda A. 1741. den
18 April I. U. Doctor, A. 1743. zweyter Adjunctus der Juriſten-Facultät, A. 1745. den
1 October Profeſſor Iuris Ordinarius an des ießigen Reichs Cammer-Gerichts-Beyſißers, Freyherrn von Nettelbla Stelle, worauf auch
A. 1746. nach dem Weggange des Wohlſeel.
Herrn Vice-Præſidentens, von Engelbrecht,
ihm die Conſiſtorial-Raths-Stelle in dem
Königl. Schwediſch-Pommeriſchen Conſiſtorio zu
Greifswald zu Theil wurde. A. 1750. den 19
November, ward ihm, und ſeinem jüngern Herrn

A 3   Bru-

Bruder, von Ihro Römisch-Käyserl. Mäjestät, Francisco I. die von seinen in Ost-Frießland wohnhaft gewesenen Vor-Eltern geführte Adeliche Würde, mittelst eines Käyserlichen Diploms, wiederum erneuert und bestätiget, worzu ihm seine Geschicklichkeit und Erfahrung in denen Rechten den Weg gebahnet. Bey Gelegenheit der 300jährigen Jubel-Feyer der Academie Greifswald, nehmlich am 19 October 1756 ertheilete er, alß Dechant der Juristen-Facultät, zweyen würdigen Candidaten, nehmlich dem bald nachher verstorbenen Königl. Preußischen Kriegs- und Domainen-Rathe, Herrn Ludwig Reinhold von Werner, und Herrn Christian Nicol Schlichtkrulln, die Doctor-Würde. A. 1763. bekam er des Herrn von Balthasar, nunmehrigen Tribunals-Assessors zu Wißmar gehabte Bedienungen, und ward Professor Iuris Canonici & Feudalis, Senior der Juristen Facultät, und Director des Consistorii.

4) Albrecht (Jo. Lüder)

I. U. Doctor zu Leipzig; Ist daselbst A. 1721. gebohren, studirte in seiner Vaterstadt seit 1746. die Rechtsgelehrsamkeit, und ward auch allda A. 1752. den 17 Februar, mit allen Feyerlichkeiten, und mit der Hoffnung, dereinst Sitz und Stimme in der Juristen-Facultät zu erlangen, I. U. Doctor.

S. Cn. 2.

E. *Gust. Henr. Mylii Progr.* De obligatione parentum præstandi & subministrandi liberis sumtus studiorum, ut & honorum Academicorum. *Lipsiæ* 1752.

5) Ancker (Petrus Kofœd)

I. U. Doctor, Königl. Dänischer würcklicher Geheimbder = Justiz = Rath, Professor Iuris Civilis Ordinarius auf der Universität zu Koppenhagen, Assessor im Consistorio, und höchsten Gericht, Mitglied der Königl. Dänischen Gesellschaft der Wissenschafften, und beständiger Dechant der Facultät derer Rechts= Gelehrten; Hat A. 1710. den 14 Junius, zu Osterlarskier, auf dem Eylande Bornholm das Licht dieser Welt erblicket, studirete Anfangs zu Koppenhagen die Gottesgelahrsheit, hernach aber die Rechtsgelehrsamkeit, ward allda A. 1727. Baccalaureus Philosophiæ, A. 1738. Baccalaureus Iuris, A. 1741. Professor Iuris Civilis Extraordinarius, A. 1742. I. U. Doctor, A. 1747. Professor Iuris Ordinarius, Aeltester und Dechant der Juristens Facultät, und A. 1753. würcklicher Justiz= Rath, Beysitzer im höchsten, und Ober = Admiralitäts = Gericht, und General - Auditeur bey dem See = Staat; Ist aber A. 1765. als General - Auditeur in dem Admiralitäts = Gerichte, auf sein Ansuchen, in Gnaden erlassen worden.

S. Büschings Nachrichten von dem Zustande der Wissenschaften und Künste in denen Königl. Dänischen Reichen und Landen. Band II. St. 9. No. 15.

d'An-

6) d'Annone (Jo. Jacob)

Phil. et J. U. Doctor, auch Privat-Docent zu Basel: Ist gebürtig von Basel, und ward A. 1751. J. U. Doctor.

7) Arntzenius (Johann)

J. U. Doctor, und Professor Eloquentiæ, Historiarum & Poëseos Ordinarius auf der Universität zu *Franecker*; Ist zu Wesel A. 1702. gebohren, studirete seit 1718. zu Utrecht, und seit 1725. zu Leyden, ward A. 1726. zu Utrecht J. U. Doctor, und im selbigen Jahre Rector der Trivial-Schulen zu Nymwegen, und zugleich A. 1728. Professor Historiarum & Eloquentiæ A. 1742. ward er zu Franeker Professor Eloquentiæ, Historiarum und Poëseos Ordinarius.

S. *Em. Luc. Vriemæt* Athénæ Frisiacæ. Elogium CXIX. p. 846. & 847.

8) Asmuth (Jo. Daniel)

J. U. Doctor, und Fürstl. Waldeckischer Hoff-Rath zu Arolsen; Ist zu Corbach A. 1724. den 22 Märtz gebohren, studirte seit 1739. zu Rostock, Marburg, Halle und Göttingen, gab einige Jahre einen Hofmeister ab, und warb auf letzterer Universität A. 1747. den 14 Februar, J. U. Doctor. Nachdero kam er als Fürstl. Waldeckischer Hoff-Rath nach Arolsen, und der damahlige Erb-Printz besagten Fürstlichen Hauses, wurde seiner Unterweisung anvertrauet.

S. Herrn H. R. Ayrers *Progr.* De multitudine seditiosa Juris Belli experte. *Gottingæ* 1747.

9) Ayrer

9) Ayrer (Georg. Henricus)

J. U. & Philoſ. Doctor, Königl. Groß-Brittannischer, und Chur-Braunschweig-Lüneburgiſcher Hoff-Rath, Profeſſor Juris Ordinarius auf der Univerſität zu Göttingen, und Senior der Juriſten-Facultät; Gebohren A. 1702. den 15 Märtz zu Meinungen, ſtudirete ſeit 1721. zu Jena die Rechtsgelehrſamkeit, kam ſodann als Hofmeiſter des ietzigen Hoch-Fürſtl. Sachſen-Gothaiſchen Ober-Schencken und Cammer-Herrn, Herrn von Forſtern, nach Leipzig, reiſete auch in deſſelben Geſellſchafft, nach einem jährigen Aufenthalt auf der Univerſität zu Straßburg, durch Holland, Frankreich, und Teutſchland; Ward ferner Hofmeiſter bey dem ietzigen Chur-Sächſiſchen Geheimbden-Rath, Herrn Grafen, Ludwig Siegfried Vitzthum von Eckſtädt, nahm A. 1736. zu Göttingen die Doctor-Würde an, und ward auch noch in ſelbigem Jahre allda Profeſſor Juris Extraordinarius, und Aſſeſſor der Juriſten-Facultät, auch in eben demſelben Jahre Rath. A. 1737. ward er Profeſſor Juris Ordinarius, und A. 1739. bekam er die vierdte Stelle in der Juriſten-Facultät. A. 1743. hatte er einen Ruff als Proto-Syndicus nach Lübeck; Allein, er ſchlug dieſe anſehnliche Ehren-Stelle aus, und bekam daher von dem Könige in Engelland den Hoff-Raths-Titul. Bald darauf beehrete ihn auch die Philoſophiſche Facultät zu Göttingen mit der Magiſter-Würde. A. 1749. kam er am Käyſerlichen Hofe zu Wien

als Reichs = Hoff = Rath mit in Vorschlag, und
seit A. 1755. ist er Senior der Juristen = Fa=
cultät.

> S. Herrn H. R. Pütters Versuch einer Academischen
> Gelehrten = Geschichte von der Universität zu Göttin=
> gen. §. 68. S. 132. — 137.

B.

10) Balecke (Jacob Henricus)

J. U. Doctor, und Burger = Meister zu Ro=
stock; Ist zu Parchin, einer Stadt im Herzog=
htum Mecklenburg, gebohren, studirte zu Rostock,
ward daselbst. A. 1752. J. U. Doctor, in sel=
bigem Jahre Güstrowischer Cantzley = Advocat und
General - Procurator, auch noch in selbigem Jahre
Räthlicher Professor Codicis Ordinarius zu Rostock.
Als hierauf die bekannten Irrungen zwischen dem
Herzog zu Mecklenburg = Schwerin, und dem
Rath zu Rostock angiengen, und der Herzog den
Entschluß faßten, A. 1760. zu Bützow eine neue
Universität anzulegen, wurden die Herzoglichen
Professores auch dahin gezogen, dahingegen die
Räthlichen Professores, mithin auch Herr D.
Balecke, in Rostock zurücke blieben, und noch
bis ietzo die dasige Universität fortsetzen. A. 1765.
ward Hr. D. Balecke Burgermeister zu Rostock.

11) Balnearius (Simon)

ICtus, und Professor Institutionum Justinia=
nearum auf der Universität zu Salamanca.

12) von

12) von Balthasar (Augustinus)

J. U. Doctor, und Assessor bey dem Königl. Schwedisch-Pommerischen Ober-Appellationes Tribunal zu Wismar; Ist zu Greifswald A. 1701. den 20 May gebohren, studirete seit A. 1718. in seiner Vaterstadt, und seit A. 1723. zu Jena die Rechtsgelehrsamkeit, that hierauf eine gelehrte Reise durch einen großen Theil von Teutschland und Holland, ward A. 1725. den 19 December zu Greifswald J. U. Licentiatus, A. 1727. Adjunctus der Juristen-Facultät, und Syndicus der Academie, A. 1730. den 2 October, J. U. Doctor, A. 1734. den 28 October Professor Juris Ordinarius, A. 1735. im Monath März Assessor der Juristen-Facultät, A. 1739. Director der Königl. Teutschen Gesellschafft, A. 1744. Senior der Juristen-Facultät, auch oberster Rechtslehrer, und A. 1745. Director des Königl. Schwedisch-Pommerschen Consistorii. A. 1747. erlangete er des Heil. Röm. Reichs Adel-Stand, und legte A. 1763. um Ostern alle seine bishero geführten Academischen Aemter nieder, dargegen er die Stelle eines Beysitzers in den Königl. Schwedisch-Pommerischen Ober-Appellations-Tribunal zu Wißmar annahm.

13) Banniza (Jo. Petrus)

Phil. & J. U. Doctor, Kayserl. Königl. Hoff-Rath, ordentlicher Lehrer der Pandekten, und des Peinlichen Rechts, wie auch Beysitzer der Juristen-Facultät, desgl. ordentlicher Lehrer an der Königl. Theresianischen Ritter-Academie zu Wien;

Wien; Gebohren A. 1707. den 4 Jan. zu Aschaffenburg, studirete zu Manntz und Heydelberg die Theologie, nachhero aber zu Würtzburg die Rechtsgelehrsamkeit, ward auf dieser letztern hohen Schule A. 1728. Magister, A. 1731. J. U. Licentiatus, A. 1734. J. U. Doctor, A. 1735. Professor Juris Ordinarius, und Würtzburgischer Hoff = Rath, endlich A. 1753. Kayserl. Königl. Hoff = Rath, und ordentlicher Professor der Rechte auf der Universität zu Wien, wie auch ordentlicher Lehrer der dasigen Königl. Theresianischen Ritter = Academie.

14) Banniza (Joseph Leonhard)

Iur. U. Doctor, Kayserl. Königl. Regierungs-Rath, und der Praxeos Iuris Commun. & Provinc. Austr. Professor Publ. auf der Universität zu Wien; Ist ein Sohn des vorhergehenden, und hat sich durch einige zur Teutschen Rechtsgelehrsamkeit gehörige, und gantz gut gerathene Schriften in der gelehrten Welt bekannt gemacht. Worauf er 1765. Kayserl. Königl. Regierungs = Rath und Professor Iuris auf der Universität zu Wien geworden.

15) Barriga de Montvalon (Andreas)

ICtus, und Ober = Parlaments = Rath zu Aix; Hat sich durch seine Epitome Iuris et Legum Romanarum, der gelehrten Welt als ein geschickter Rechtsgelehrter gezeiget.

16) Bar-

16) Barthel (Io. Caspar)

S. S. Theol. & Iur. U. Doctor, Würtzburgischer Geheimbder-und Geistlicher Rath, Pro-
Cancellarius der Universität Würtzburg, des geistlichen Rechts öffentlicher Lehrer, der Juristen-
Facultät Senior, des dasigen Seminarii Sti Kiliani Regent, und Dechant des Collegiat-Stifts
im Haug. Gebohren A. 1697. zu Kitzingen,
studirete seit 1709. zu Würtzburg, ward allda A.
1717. Magister, A. 1721. Pagen-Hofmeister
an dem Würtzburgischen Hofe, und A. 1723. Ca-
pellan in dem überaus reichen Würtzburger Ju-
lier-Hospital. Reisete A. 1725. nach Rom, studirete allda unter dem nachherigen Pabst *Benedicto
XIV.* das geistliche Recht, und ward daselbst A.
1727. Iur. U. Doctor, auch in selbigem Jahre
zu Würtzburg Regent des Seminarii Sti Kiliani,
und Professor Iuris Canonici; A. 1728. Geistlicher Rath, A. 1729. S. S. Theol. Doctor, A.
1738. Canonicus des Collegiat-Stifts in Haug,
A 1744. Geheimbder Rath, und A. 1754. Pro-
Cancellarius der Universität Würtzburg, wie auch
Dechant des Collegiat-Stifts in Haug.

17) Barthes (Paul Ioseph.)

Professor Iuris zu *Montpellier*; Erlangete diese Stelle A. 1762. statt des nunmehrigen Herrn
Cantzlers, Imbert.

18) Bartholomæi (Io. Daniel)

Phil. & I. U. Doctor, und Consulent der freyen
en Reichs-Stadt Ulm; Ist daselbst gebohren,
studis

ſtudirte zu Halle und Erlangen, nahm auf letzterer
Univerſität A. 1750. die Magiſter- und A 1751.
die Doctor-Würde an; Ward nachhero Conſulent in ſeiner Vater Stadt.

19) Bauer (Henricus Gottfried)

Phil. & Iur. U. Doctor, Profeſſor Ordinarius Tit. de V. S. & de R. I. und Aſſeſſor des
Ober-Hoff-Gerichts, wie auch der Juriſten-Facultät zu Leipzig; Iſt A. 1733. zu Leipzig
gebohren, ſtudirete ſeit A. 1750. in ſeiner Vater-
Stadt, ward allda A. 1759. Magiſter, A.
1760. I. U. Doctor, und auch in ſelbigem Jahr
ordentlicher Advocatus im Ober-Hoff-Gerichte,
und im Conſiſtorio, A. 1764. Profeſſor Ordinarius Codicis Subſtitutus des Herrn D. Friedrich Alexander Künholds, und deſſelben
Aſſeſſor Subſtitutus in der Juriſten-Facultät,
und A. 1765. Profeſſor Ordinarius Tit. de V. S.
& de R. I. auch Aſſeſſor Ordinarius der Juriſten-Facultät, A. 1765. den 17 Sept. aber Aſſeſſor Extraordinarius des Ober-Hoff-Gerichts.

S. Io. Gott. Baueri Progr. De Forma donationis cauſ-
ſa mortis. Lipſiæ 1760.

20) Baumann (Adam)

I. U. Doctor und Profeſſor Codicis Iuſtinianei Ordinarius auf der Univerſität zu Würtzburg, ward allba A. 1761. den 15 April I. U.
Doctor, und zu Anfange des Jahres 1762.
Profeſſor Codicis Iuſtinianei Ordinarius.

21) Frey-

21) Freyherr von Beck (Chriſtian. Auguſt)

Kayſerl. Königl. würklicher Hoff-Rath, und Referendarius, war vorhero Nieder-Oeſterreichiſcher Regierungs-Rath, und Profeſſor des Staats- und Lehn-Rechts an der Königl. Thereſianiſchen Ritter-Academie zu Wien; Iſt gebürtig von Langenſalze, hat, nach vollendeten Academiſchen Jahren bey Sr. Excellenz, dem Kayſerl. an den löbl. Fränckiſchen Crayß accreditirten Miniſtre, Freyherrn von Wiedmann, als Secretär geſtanden, von dar er A. 1748. zu benen Bedienungen als Regierungs Rath und Profeſſor nach Wien gekommen, nachher aber iſt er würcklicher Hoffrath und Referendarius, auch in den Reichs-Freyherrn Stand erhoben worden.

22) Becker (Herrmann)

I. U. Doctor, und Profeſſor Iuris Ordinarius auf der Univerſität zu Bützow; Iſt A. 1719. den 13 April zu Roſtock gebohren, ſtudirete daſelbſt, und ward auch allda A. 1741. I. U. Licentiatus, A. 1746 I. U. Doctor und A. 1747. den 31 Auguſt Räthlicher Profeſſor Inſtitutionum Ordinarius. Als hierauf die Mißhelligkeiten zwiſchen dem Herzog zu Mecklenburg-Schwerin, und dem Rath zu Roſtock ſo weit gediehen, daß Ihro Hoch-Fürſtl. Durchl. vor gut befunden, A. 1760. eine neue Univerſität zu Bützow anzulegen, und die bishero in Herzogl. Dienſten geſtandene Profeſſores auch dahin ſich begaben:

Se

So blieb zwar Herr D. Becker, als Räthlicher Professor, in Rostock zurück; Allein er bekam auch nachher von dem Rathe zu Rostock seine Entlassung, und erhielt A. 1762. zu Bützow die dritte ordentliche Profeßion der Rechte.

23) Becmann (Gustav. Bernhard.)

J. U. & Philos. Doctor, und Professor Juris & Philosophiæ Ordinarius auf der Universität Göttingen; Gebohren A. 1720. den 25 December zu Derwitz im Mecklenburg Strelitzischen, studirete seit dem Februar 1742. zu Halle: Und nachdem er daselbst nebst seinem jüngern Bruder, Herrn Otto David Heinrich Becmann, A. 1747. den 3 May, den Juristischen Doktor = Huth, und den 13 May desselben Jahres die Magister = Würde erlanget, auch seitdem so wohl Juristische, als Philosophische Vorlesungen gehalten; so ward er zu Anfange des Jahres 1749. nebst gedachtem seinem Bruder, Anfangs ohne den Professors = Titul, doch mit einigem Gehalte, und der Versicherung einer Beförderung, nach Göttingen beruffen. Allda setzte er darauf seit dem May 1749. seine Vorlesungen fort, und ward im Frühjahr 1753. Professor Juris Extraordinarius, im Frühjahr 1759. Professor Philosophiæ Ordinarius, bekam A. 1760. nebst seinem Herrn Bruder, einen Ruff auf die neue Universität zu Bützow, blieb aber in Göttingen, und ward daselbst zu Anfange des Jahres 1761. Professor Juris Ordinarius.

S. Herrn HR. Pütters Versuch einer Academischen Gelehrten: Geschichte von der Universität zu Göttingen S. 74. f. 151. u. f.

24) Bec-

24) Becmann (Otto David Henricus)

I. U. & Philof. Doctor, und Profeſſor Philoſophiæ Ordinarius auf der Univerſität zu Göttingen; Iſt A 1722. den 29. Junius zu Dewitz
im Mecklenburg-Strelitzſchen gebohren, ſtudirete
ſeit dem Februar 1742 zu Halle: Und nachdem
er daſelbſt nebſt ſeinem ältern Bruder, Herrn
Guſtav Bernhard Becmann, A. 1747. den
3 May, den Juriſtiſchen Doctor-Huth, und den
13. May die Magiſter-Würde erlanget, auch ſeit
dem ſowohl Juriſtiſche als Philoſophiſche Worle-
ſungen gehalten; So ward er zu Anfange des Jahres 1749. gleichfalls, nebſt gedachtem ſeinem Herrn
Bruder, Anfangs ohne den Profeſſors-Titul,
doch mit einigem Gehalte, und der Verſicherung
einer Beförderung, nach Göttingen beruffen. Daſelbſt ſetzte er ſeit dem May 1749. ſeine Vorleſungen fort, und ward im Frühjahr 1753. Profeſſor Philoſophiæ Extraordinarius, und im Frühjahr 1759. Profeſſor Philoſophiæ Ordinarius.
A. 1760. hatte er, nebſt ſeinem ältern Herrn
Bruder, einen Ruff als Profeſſor Iuris Ordinarius nach Bützow; Allein er blieb in Göttingen.

: S. Herr HR. Pütter am angef. Orte. §. 86. S.
176. u. ſ.

25) Beger (Euſebius)

I. U. Licentiatus zu Reutlingen; Iſt daſelbſt
gebohren, und ein Sohn des daſigen ehemahli-
gen vieljährigen berühmten Syndici, ſtudirete ſeit
A. 1743. zu Tübingen die Rechte, und ward
B   allda

allda X. 1748. I. U. Licentiatus, worauf er sich
in seiner Vater-Stadt, Reutlingen, niedergelassen.

26) Beger (Georg. David)

I. U. Licentiatus und Syndicus primarius der
Reichs-Stadt Reutlingen.

27) Behlen (Ludovicus Philippus)

I. U. Licentiatus, Churfürstl. Mayntzischer
Kirchen-Rath, der Collegiat-Kirchen zu St. Peter und U. L. Frauen Canonicus, des Canonischen
Rechts ordentlicher Professor zu Maynz, und
Sub-Regent des dasigen Seminarii zu St. Bonifa-
cius. Ward X. 1746. zu Maynz I. U. Licentiatus und Professor Iuris Canonici. Er ist auch
des Theologischen Doctor-Huths Candidatus.

28) Behm (Christian. Io. Ludovicus)

I. U. Doctor legens zu Rostock.

29) von Behr (Burchard. Christian.)

I. U. Doctor, Königl. Groß-Britannischer
und Chur-Braunschweig-lüneburgischer Geheimbder-Rath zu Hanover; Ist X. 1714. den
17. Julius zu Stelchte im Fürstenthum Zelle
gebohren, studirete seit 1733. zu Giessen und
Göttingen, ward auf letzterer Universität X. 1738.
I. U. Doctor, (welchem ersteren Beyspiele auf der
Universität Göttingen nachhero mehrere von Adel
gefolget sind,) und bald darauf Chur-Braun-
schweigischer Hoff-Gerichts-Assessor, so dann Ap-
pella-

pellations - Rath, nachhero würcklicher Kayserl.
Reichs-Hoff-Rath, und endlich Groß-Britannischer, und Chur-Braunschweig-Lüneburgischer
würcklicher Geheimbder-Rath. Befindet sich ge-
genwärtig in London.

    S. Strodtmanns Beyträge zur Historie der Ge-
    lahrheit. 11ten Theil. S. 40-50.

30) Behr (Georg. Anton.)

I. U. Doctor, Würtzburgischer Hoff-Rath,
und des Würtzburgischen Policey-Gerichts Rath
und Consulent; Ist von Kitzingen gebürtig,
ward A. 1737. zu Würtzburg I. U. Doctor, und
gelangete nachher zu denen vorbenannten Ehren-
Aemtern.

31) Bellmann (Ioachim. Christoph.)

I. U. Doctor, und Privat-Docent auf der
Universität zu Göttingen; Gebohren A. 1729.
den 17. Märtz zu Lüneburg, studirete seit 1751.
zu Göttingen, erhielt allda im Februar 1755. Fa-
cultatem legendi, und ward im November desselben Jahres daselbst I. U. Doctor.

    S. Herrn HR. Pütters Versuch einer Academischen Ge-
    lehrten-Geschichte von der Universität Göttingen. §.
    105. S. 100.

32) Frey-Herr von Bellmont (Io. Am.)

I. U. Doctor, Chur-Maynzischer Geheimbder
Rath, und Stadt Schultheiß zu Erfurth; Ist
daselbst A. 1718. den 31. Januar gebohren, stu-

                                              direte

birete von A. 1731. zu Erfurt und Prag, und
gieng von da nach Regenspurg. Ward A. 1740.
zu Erfurt Professor des Staats-Rechts und der
Geschichte, wie auch Director der Boineburgischen
Bibliothek, und auch in selbigem Jahre daselbst
I. U. Doctor, erhielt auch zugleich den Charack=
ter eines Churfürstl. Mayntzischen Regierungs=
Raths. A. 1743. ward er würcklicher Regierungs=
Rath, und nach D. Rotermundts Todte Stadt=
Schultheiß, worauf er A. 1762. die gehabte
Profeßion, und die Direction der Boineburgischen
Bibliothek niederlegte, welche Stelle der Hr. D.
Adam Ignatius Turin bekam. Er ist nach=
her baronisiret, und Churfürstl. Mayntzischer
Geheimbder-Rath worden.

S. Sinnholds Erfordia litterata. Des dritten Baus
des 1stes Stück S. III. u. f.

33) von Benzelſtierna (Iohann.)

I. U. Doctor, und Informator bey dem dritten
Printze des Königs in Schweden. Derselbe hieß,
ehe er geadelt wurde, *Benzelius*, und stammet aus
einer berühmten gelehrten Familie in Schweden her,
aus welcher 4 Ertz-Bischöffe in Schweden bekannt
sind. Er studirete zu *Lund*, und ward A. 1746.
Professor Institutionum Ordinarius zu Greifs=
wald, und im Monath Junius 1752. bey der
zum Andenken der feyerlichen Krönung Jhro Kö=
nigl. Majestät in Schweden, und auf Allerhöchst=
Deroselben Verfügung, auf der Academie zu Up=
sala angestellten Promotionen in allen Facultäten,
zum Doctor in beyden Rechten erkläret. Zu An=
fange

fange des Jahres 1756. warb er Informator bey
dem dritten Prinzen des Königs in Schweden,
nachdem er schon eine geraume Zeit vorher seine
Profeßion zu Greifswald quittiret hatte.

34) Berch (Andreas)

J. U. Doctor, und der Oeconomie, und des
Commercii ordentlicher Professor auf der Universität Upsala, auch Mitglied der Academie
der Wissenschaften zu Stockholm; Erhielt diese
Profeßion A. 1741. und wurde ihm in seiner er-
theilten Bestallung ausdrücklich anbefohlen, in
Schwedischen Oeconomie-und Landes-Sachen sich
der Landes-Sprache zu bedienen, dahero auch seine Disputationes, deren er eine ziemliche Anzahl
geschrieben, in Schwedischer Sprache abgefasset
sind.

35) Berg (Io. Fridericus)

J. U. Doctor, und Herzogl. Mecklenburgischer
Cantzley-Rath zu Schwerin; Ist aus dem
Mecklenburgischen gebürtig, studirete zu Halle,
Jena und Rostock, und ward auf letzterer Universität A. 1738. den 1. May, J. U. Doctor,
worauf er zu Rostock einige Jahre einen Advocaten abgab, und darbey Juristische Vorlesungen
hielt. Nachher ward er Mecklenburgischer Cantzley-Rath zu Schwerin.

36) von Berger (Io. August.)

ICtus, Königl. Groß-Britannischer, und Chur-
Braunschweig-lüneburgischer Geheimbder-Ju-
stitz-

ftlk , auch Hoff , und Cantzley , Rath, und Hoff,
Gerichts , Affeffor zu Zelle.

37) Berger (Theodorus)

Phil. & I. U. Doctor, und Profeffor Juris & Hiftoriarum auf dem Gymnafio Academico zu Coburg; Ift gebohren zu Lautern in Francken,
ftudirete zu Halle und Leipzig, und ward allhier
A. 1712. Magifter, und A. 1722. Chur-Sächfi-
fcher Advocat, und laß dabey verfchiedene Philofo-
phifche, Hiftorifche und Geographifche Collegia;
Er führete auch einige junge Herren als Hofmei-
fter auf Univerfitäten und auf Reifen. A. 1735,
ward er Profeffor Juris & Hiftoriarum auf dem
Academifchen Gymnafio zu Coburg, und nahm A.
1736. zu Marburg die Doctor , Würde an.

38) Bergius (Io. Henricus Ludovicus)

Secretarius zu Erlangen.

39) Berni y Catala (Iofephus)

I. U. Doctor, und Profeffor Juris zu *Valencia*
in Spanien; Hat fich durch eine neue Ausgabe
des Spanifchen Gefetz , Buches, welches wegen
feiner groffen Seltenheit und Koftbarkeit es ver-
dienete, auch in Teutfchland bekannt gemacht.
Diefes Gefetz , Buch hatte König Alphonfus X.
veranftaltet, welches nach fiebenjähriger Arbeit,
A. 1263. zu Standte gebracht wurde.

40) Bertram (Philipp. Ernft)

Phil. & I. U. Doctor, Profeffor Juris Ordinarius auf der Univerfität Halle, und Mitglied
der

der Teutschen Gesellschafften zu Göttingen und
Jena; Gebohren A. 1726. zu Zerbst, studirete
seit 1743. zu Halle, und seit 1745. zu Jena, ward
A. 1746. Pagen-Hofmeister zu Weymar, nach 7.
Jahren Geheimbder-Secretarius, und nach wenig
Jahren Weymarischer Regierungs-Secretarius.
Danckte nach einigen Jahren ab, gieng nach Hal-
le, und ward allda A. 1762. Magister, A. 1763.
Professor honorarius Iuris Publici & Historiarum,
A. 1764. Professor Iuris Ordinarius, und A.
1765. allda I. U. Doctor, auch 1766. Assessor
der Juristen-Facultät. Er ist auch ein Mitglied
der Teutschen Gesellschafften zu Göttingen und
Jena.

41) von Beulwitz (Wilh. Fridericus)

Herzogl. Sachsen-Coburg-und Saalfeldischer
Geheimbder-Rath zu Coburg; Ist ein Sohn
des berühmten Schwartzburg-Rudolstädtischen
Geheimbden-Raths, Cantzlers und Consistorial-
Präsidentens zu Franckenhausen, Herrn Anton
Friedrichs von Beulwitz, studirte zu Halle,
ward nachhero Fürstl. Schwartzburg-Sonders-
häusischer Cammer-Juncker, wie auch Regie-
rungs-und Consistorial-Assessor, A. 1747. aber
Herzogl. Sachsen-Coburg-und Saalfeldischer
Hoff-und Regierungs-Rath zu Coburg, und nach-
her Geheimbder-Rath.

42) von Beust (Ioachim Ernst)

Hochfürstl. Brandenburg-Culmbachischer Geheimbder-Regierungs-Rath, und dieses Hoch-
fürstl.

fürſtl. Ordens vom rothen Adler Ritter, wie auch
des Hochlöbl. Fränckiſchen Crayſes hoher Herren
Fürſten und Ständre Crayß-Krieges-Rath, und
Gräflich Hohenlohe-Neuenſteiniſcher Hofmeiſter,
auch Ober-Amtmann zu Ohrdruf. Er ſtam-
met von dem Geſchlechte des berühmten Witten-
bergiſchen Ordinarii, Joachims von Beuſt,
ab, und hat ſich von Jugend auf denen Studiis
humanioribus gewidmet, und auf denen Uni-
verſitäten Leipzig, Altdorf und Straßburg denen
Rechten und der Hiſtorie fleißig obgelegen.
Durch die groſſen Beyſpiele ſeiner Geſchlechts-
Vorfahren angereiget, hat er durch gründliche
Wiſſenſchafften ſich eine Hochachtung vor ſeine
Perſon erworben. Er hat bald nach zurückge-
legten Academiſchen Jahren in die Hochfürſtl.
Dienſte zu Bayreuth, wo er noch den Character
eines Geheimbden Regierungs-Raths bekleidet,
zu kommen, das Glück gehabt. Sodann iſt er
in Hochgräfl. Hohenlohe-Neuenſteiniſche Dienſte zu Oehringen getreten, und nachher iſt er auch
von einem Hochlöbl. Fränckiſchen Crayſe mit der
Charge eines Crayß-Kriegs-Raths beehret worben. Sein Aufenthalt iſt mehrentheils zu Ohrdruf, weil er daſelbſt Ober-Amtmann iſt.

43) Beuttel (Io. Martin.)

I. U. Doctor, und Churfürſtl. Cöllniſcher
würcklicher Hoff-Rath zu Bonn.

44) Blakſtone (Wilhelm.)

I. U. Doctor, und Profeſſor Iuris Communis
ex Legato Vineriano auf der Univerſität zu Oxford,

ford, ober, der erste Vinerische Profeſſor, ſeit dem Jahr 1758.

Vielleicht iſt es unſern Leſern nicht unange-nehm, ſich von dem Zuſtande der Engliſchen Uni-verſitäten einen Begriff zu machen, wenn man ihnen die neuſten Verbeſſerungen derſelben, und die Veranlaſſung dieſer neuen Profeßion meldet. *Carl Viner* vermachte in ſeinem letzten Willen, der vom 29. December 1755. datiret iſt, 12000. Pfunde Sterling (72000. Thaler guten Teut-ſchen Geldes) eine Profeßion des gemeinen Rechts davon zu ſtiften, auch Stipendiaten, die ſich auf das Recht legten, davon zu unterhalten, und ſuchte auf dieſe Weiſe einen bißherigen Man-gel der Univerſität zu erſetzen: Denn ordentlich lernt der Engelländer ſein Recht zu London aus der Praxi im Tempel. Von den Zinßen dieſes Capitals werden 200. Pfund zur Beſoldung ei-nes Profeſſors angewendet, der jährlich 60. Vor-leſungen über das Recht halten muß. Die Vineriſchen Stipendiaten beſuchen ſie umſonſt. Für andere beſtimmet die Univerſität das Hono-rarium. Sie hat es vor den erſten Curſum auf 4. und für den zweyten auf 2. Guineen geſetzet. Die folgenden hat man umſonſt. In ſolchen Vorleſungen, die denen Orationen ähnlicher ſe-hen, werden gemeiniglich willkührlich gewählte ſchöne Materien abgehandelt, die einer beſondern Ausführung fähig ſind. Der erſte Vineriſche Profeſſor, gedachter Herr D. *Wilhelm Blakſtone*, hat demnach ſeine erſte Vorleſung am 25. Octo-ber 1758. gehalten, die eine Art von Einleitung

B 5   iſt,

ich und welche X. 1760 zu Orford unter folgen-
dem Titul abgedruckt worden: *A Discourse on the*
Study of the Law, by William Blakstone, Barrister
at Law, and Vinarian Professor of the Laws of Eng-
land in the University of Oxford. Nach der Ge-
wohnheit also wählet er einzelne Materien von
der vorhin gesagten Art für die öffentlichen Vorlesungen, und den ganzen Cursum Iuris für den
übrigen Unterricht.

45) Blanquet (Franciscus)

I. U. Doctor, und Professor Iuris Canonici
auf der Universität zu *Cervera.*

46) Blum de Kempis (Henr. Balthasar)

ICtus, und Kayserl. Reichs-Hoff-Rath zu
Wien; Hielt sich Anfangs zu Wetzlar auf,
nachher ward er Fürstl. Bischöfflicher Speyerl-
scher Hoff-Rath und Referendarius, X. 1761.
aber Kayserl. Reichs-Hoff-Rath.

47) Bocris (Io. Henricus)

I. U. Doctor, Kayserl. Königl. Hoff-Rath,
und Professor Iuris Publici Ordinarius auf der
Universität zu Wien. Ist X. 1713. den 10.
August zu Schweinfurth gebohren, studirete
seit 1731. zu Altdorf, und seit 1732. zu Jena, hielt
sich einige Zeit in Wien auf, und ward X. 1736. zu
Erfurt I. U. Licentiatus, und noch in selbigem
Jahre Professor Iuris auf dem Gymnasio zu
Schweinfurt, gieng aber X. 1739. von Schweinfurt nach Bamberg, verwechselte die Evangelisch-
luthe-

lutherische mit der Papistischen Religion, erhielt den Titul eines Würzburg-und Bambergischen Hoff-und Regierungs-Raths, und ward auf der Universität Bamberg Professor Iuris Ordinarius, und Assessor der Juristen-Facultät, ließ sich auch daselbst die Doctor-Würde ertheilen. Hierauf ward er Bambergischer Geheimbter Hoff-Rath, Professor des Staats-Rechts, und der Praxis, auch Senior der Juristen-Facultät. A. 1753 gieng er als Kayserl. Königl. Hoff-Rath, und als Professor des Staats-Rechts auf die Universität zu Wien.

48) Boehmer (Georg. Ludovicus)

I.U. & Philos. Doctor, Königl. Groß-Britannischer, und Chur-Braunschweig-Lüneburgischer Hoff-Rath, Professor Iuris Ordinarius, und Assessor der Juristen-Facultät auf der Universität zu Göttingen; Ist A. 1715. den 18. Februar zu Halle gebohren, und ist der dritte Sohn des unsterblichen Geheimbten-Raths, Regierungs Cantzlers, und Directoris der Königl. Friederichs Universität, Just Henning Böhmers, studirete zu Halle seit 1730. wo er A. 1737. Candidatus Iuris, und A. 1738. I.U. Doctor ward, und darauf Vorlesungen anstellete. A. 1740. im August kam er nach Göttingen, erst als Professor Iuris Extraordinarius, Syndicus Academiæ, und Assessor der Juristen-Facultät, und erhielt auch noch im selbigen Jahre zu Göttingen die Magister-Würde. A. 1742. ward er Professor Iuris Ordinarius, A. 1744. Königl. Rath, und A. 1746. Hoff-Rath.

S. Herrn

S. Herrn HR. Pütters Versuch einer Academischen
Gelehrten-Geschichte von der Universität Göttingen.
§. 69. S. 137. - 140.

49) Bœhmer (Io. Samuel Fridericus)

I. U. Doctor, Comes Palatinus Cæsareus,
Königl. Preußischer Geheimbder-Rath, Director der Universität zu Franckfurth an der
Oder, Præses Ordinarius der Juristen-Facultät, und Professor Decretalium; Gebohren zu
Halle A. 1704. den 29 October, und ist der älteste Sohn des Weltberühmten Geheimbden-Raths
und Cantzlers, Just Henning Böhmers, stu-
birete seit 1720. zu Halle, ward allda A. 1725.
I. U. Doctor, und, nachdem er eine gelehrte Rei-
se über Prag, Wien, Regenspurg, Nürnberg,
Franckfurt an Mayn, Cassel und Hannover vor-
genommen hatte, A. 1716. Professor Iuris Ordinarius, und Assessor der Juristen-Facultät,
A. 1735. Königl. Preußischer Hoff-Rath, und
A. 1739. Käyserl. Hoff-Pfaltz-Graf. Sollte
A. 1746. als Reichs-Cammer-Gerichts Beysi-
ber präsentiret werden, verbath aber diese Stelle;
Ward A. 1749. Königl. Preußischer Geheimbder-
Rath, und A. 1750. Director der Universität
zu Franckfurth an der Oder, oberster und erster
Rechts-Lehrer, und Praeses Ordinarius der Ju-
risten-Facultät.

50) Bœnhart (Christian. Adolph.)

I. U. Licentiatus zu **Marburg;** Gebürtig
von **Eisenach,** studirete zu Marburg, wo er
auch I. U. Licentiatus worden, und allda Juristische Vorlesungen hält.

51) Bœr-

51) Bœrner (Georg. Theophilus, oder, Gottlieb)

Phil. & I. U. Doctor, und Affeffor des Confi-
ftorii zu Leipzig;   Ift ein Sohn des ehemaligen berühmten und großen leipziger Gottesgelehrten,   D. Chriftian Friedrich Börners,
und allba A. 1734. den 30 Märtz gebohren,
ftudirete zu Leipzig die fchönen Wiffenfchafften
und Rechtsgelehrfamkeit, ward dafelbft A. 1751.
Magifter, und, nachdem er fich eine Zeitlang
in Dreßden aufgehalten, A. 1754. I. U. Doctor, und A. 1760. Affeffor im Confiftorio zu
Leipzig.

> S. Jo. Genl. Siegelii Progr. De differentia inter
> Feudum hæreditarium in fœminas tranfitorium
> & fœmineum. Lipfiæ 1754. Ad ejus Difpu-
> tationem Inauguralem.

52) Böfenfell (Henricus Antonius)

I. U. Doctor, und Profeffor Iuris auf der
Univerfität zu Ollmütz; Ward zu Mayntz A.
1750. I. U. Doctor, und noch in felbigem Jahre
Profeffor Iuris auf der Univerfität zu Ollmüß.

> v. Horti Mufarum, amæniffimi, ad ann. 1750.
> p. 204.

53) Bondam (Petrus)

I. U. Doctor, und Profeffor Iuris Ordinarius auf der Univerfität zu Harderwyk. Ward
A. 1746. zu Franeker I. U. Doctor, und hielt
fich hierauf einige Zeit lang zu Leyden auf, ward
fodann Con-Rector an der Schule zu Campen,
A. 1755.

A. 1755. Profeſſor Iuris an dem Acabemiſchen Gymnaſio zu Zütphen, und zugleich Con-Rector, A. 1763. aber Profeſſor Iuris Ordinarius auf der Univerſität zu Harderwyk', an des verſtorbenen D. *Gerhard Schræders* Stelle.

54) de Boor (Io. Nepomucen. Wenceslaus Dworzack)

I. U. Doctor, Profeſſor Pandectarum & Iuris Criminalis Ordinarius auf der Univerſität Prag; des Ertz-Biſchöfflichen Conſiſtorii Beyſitzer, und Königl. Böhmiſcher geſchworner landes=Procurator. Er war vorhero des Ertz=Biſchöfflichen Conſiſtorii Vice-Fiſcal und Advocat, und Profeſſor Iuris Extraordinarius, ward aber A. 1746. Profeſſor Iuris Ordinarius.

55) dal Borgo (Flaminius)

Eques D. Stephani, und Profeſſor Iuris Civilis auf der Univerſität zu *Piſa.*

56) Born (Jacob Henricus)

Philoſ.' et I. U. Doctor, Churfürſtl. Sächſiſcher würcklicher Appellations=Rath und Burgermeiſter zu Leipzig; Iſt daſelbſt A. 1717. den 2 Januar gebohren, ſtudirete daſelbſt ſeit 1736. ward allda A. 1738. Magiſter, A. 1739. I. U. Doctor, und auch in ſelbigem Jahre Raths=Herr, nach einigen Jahren würcklicher Appellations=Rath zu Dreßden, und auch Stadt=Richter zur leipzig, A. 1758. Pro-Conſul, und A. 1759. Burgermeiſter, nebſt denen damit verknüpfften Stellen.

57) Born-

57) Bornmann (Henricus Walther)

I. U. Doctor; der Rechte, wie auch der Geschichte Professor an dem Gymnasio zu Nymwegen; Bibliothecarius, und der Schulen Con-Rector, seit A. 1753.

58) Bourgignon, l. Bourgognion (Franciscus)

I. U. Doctor, Kayserl. Königl. Hoff = Rath, und Professor Iuris Ordinarius auf der Universität zu Wien. Er war vorhero seit 1750. Professor Iuris Publici, Naturæ, Gentium & Feudalis Ordinarius zu Prag, und kam A. 1759 nach Wien.

59) Brack (Franciscus Leonh. Joseph.)

I. U. Doctor, und Professor Institutionum Ordinarius auf der Universität zu Fulda; Ist gebürtig von Wetzlar, ward A. 1761. Professor Iuris zu Fulda, und in selbigem Jahre, den 3 März, zu Giesen I. U. Doctor. Bey dieser Promotion ist anzumerken, daß Hr. D. Brack schon wircklich Professor Institutionum zu Fulda gewesen, als er seine Probe-Schrifft vertheydigte. Hiervon aber gab er nicht eher eine Nachricht in Giesen, als biß alle Examina vorüber, und auch die Renuntiation bereits geschehen war. Diß hatte er darum gethan, damit ihm weder ein Examen geschencket, noch in denen Examinibus mehrere Achtung gegen ihn bezeiget werden möchte, als man gegen bloße Candidaten heget.

heget. Hiervon, und von seinem gründlichen
Antworten hatte er desto mehrere Ehre.

60) Brandt (Jo. Ferd. Wilhelm)

I. U. Licentiatus, verschiedener Stände des
H. R. Reichs Hoff-Rath, Reichs-Cammer-Ge-
richts Advocatus, und Procurator zu Wetzlar;
Ist gebürtig von Wetzlar, ward A. 1746. zu
Marburg I. U. Licentiatus, A. 1748. den 10
May, ordentlicher Advocat, und A. 1749. den
7 Julius, Procurator bey dem Reichs-Cammer-
Gericht zu Wetzlar, und nachmahls verschiedener
Stände des H. R. Reichs Hoff-Rath.

61) Freyherr von Braun (Carl Adolph)

ICtus, und Kayserl. würcklicher Reichs-Hoff-
Rath zu Wien; Ist A. 1716. den 27 September zu Jena gebohren, studirete seit 1734.
zu Leipzig, und seit 1737. zu Jena, ward allhier A. 1740. I. U. Doctor, und stellete Academische Vorlesungen an. Kam A. 1743. auf
die damals neu errichtete Universität Erlangen
als Professor Iuris Ordinarius, mit dem Character eines Marggräfl. Brandenburg-Baren-
thischen Hoff-Raths. Zu Anfange des Jahres
1760. ward er Marggräfl. Barenthischer Geheimbder-Regierungs-Rath, und noch in selbigem Jahre Käyserl. würcklicher Reichs-Hoff-Rath,
immaßen er am 3ten Octobr besagten Jahres
in dieses höchste Reichs-Gericht eingeführet ward.

62) Braun

62) Braun (Christian Renatus)

I. U. Doctor, Professor Iuris Ordinarius auf der Universität zu Königsberg, und Königl. Preußischer Criminal-Rath; Ist A. 1714. den 12 Junius zu Elbingen gebohren, studirete zu Königsberg, ward allda A. 1734. Hoff-Gerichts-auch Cammer-Advocat, A. 1736. den 17 September I. U. Doctor, A. 1740. Professor Iuris Extraordinarius, auch Hoff-Halß Gerichts-Assessor, A. 1755. Adjunctus Ordinarius der Juristen-Facultät, auch dabey Criminal-Rath, und A. 1764. Professor Ordinarius quartus.

S. D. Arnoldts Historie von der Universität Königsberg. IIten Theil. S. 279. und desselben Zusätze. S. 52.

63) Bregler (Philipp. Fridericus)

I. U. Doctor, Bambergischer Hoff- und Closter-Langheimischer Rath. Ist gebohren zu Haaß, studirete zu Bamberg und Marburg, ward A. 1755. zu Bamberg I. U. Doctor, Hoff-Rath, Professor Ordinarius des Natur- und Völcker-Rechts, wie auch der Institutionum, und Beysitzer der Juristen-Facultät; Resignirte aber zu Ende des Jahres 1757. seine Profession, und trat als Rath in die Closter-Langheimische Dienste.

64) Bremer (Benedictus)

I. U. Doctor, und Geheimbder Cammer-Rath zu Hannover. Gebohren A. 1717. den 14. August zu Cadenburg im Herzogthum Bre-

C   men,

men, studirete seit 1737. zu Leipzig, seit 1738.
zu Halle, und seit 1739. zu Göttingen, ward allda A. 1741. I. U. Doctor, und noch in selbigem
Jahre Ober - Appellations = Rath zu Zelle, und
nach einigen Jahren Geheimbder = Cammer = Rath
zu Hannover.

   S. Strodtmanns Beyträge zur Historie der Gelahrtheit. Th. II. S. 51. — 52.

65) Breuning (Christian. Henricus)

   I. U. Doctor, und Professor Iuris Naturæ &
Gentium Publ. Ordinarius auf der Universität
Leipzig, auch Mitglied der gelehrten Gesell=
schaft zu Duisburg; Gebohren A. 1719. den
24 December zu Leipzig, studirete allda seit
1739. und ward daselbst A. 1752. I. U. Doctor, A. 1754. Professor Iuris Extraordinarius, A. 1756. Mitglied der geiehrten Gesell=
schafft zu Duisburg, und A. 1762. Professor
Iuris Nat. & Gent. Ordinarius.

66) Brokes (Henricus)

   I. U. Doctor, Herzogl. Sachsen- Gothaischer
Hoff-Rath, der Käyserl. freyen Reichs-Stadt
Lübeck erster Syndicus, und Consistorial-Präsident; Ist A. 1706. den 15 August zu Lübeck gebohren, studirete seit A. 1725. zu Wittenberg, Halle und Leipzig, ward A. 1730. zu
Wittenberg I. U. Doctor. A. 1740. daselbst
Professor Iuris Extraordinarius, A. 1743. Professor Iuris Ordinarius zu Jena, A. 1746 Professor Pandectarum, 1748. Sachsen-Gothaischer
                            Hoff-

Hoff Rath, und A. 1753. erster Syndicus, und Consistorial-Präsident zu Lübeck.

67) Brückmann (Jo. Georg.)

I. U. Doctor, Comes Palat. Cæsar. Churfürstl. Maynßischer Regierungs-Rath, des Erß-Bischöfflichen Geistlichen, wie auch des Churfürstlichen Land-Gerichts-Assessor, Professor Iuris Publici Ordinarius, und Bürgermeister zu Erfurt; Gebohren A. 1710. den 22 September zu Stadtworbis, studirete zu Erfurt, ward allda Raths-Herr, wie auch Assessor im Land-Gerichte, A. 1744. Professor Iuris Extraordinarius, A. 1745. I. U. Doctor, nachhero Churfürstl. Maynßischer Regierungs-Rath, Assessor des Erß-Bischöfflichen Geistlichen Gerichts, Comes Palatinus Cæsareus, und Bürgermeister der Stadt Erfurt, A. 1759. Professor Institutionum, und A. 1765. Professor Iuris Publici Ordinarius.

E, Sinapolds Erfordia literata. Des Ulten Bandes 1stes Stück. S. 115. u. f.

68) Brunus (Joseph. Antonius)

Professor Institutionum civilium auf der Königlichen Academie zu Turin. Er ist von Alessandria gebürtig.

69) Budæus (Joh. Christian Gotthelf)

J. U. Doctor, Churfürstl. Rath und Historiographus zu Camenz; Ist A. 1703 zu Budißin gebohren, studirete seit 1720 zu Je-

C 2   na

na und Wittenberg; ward auf letzterer Universität A. 1724. I. U. Candidatus, und noch in selbigem Jahre ordentlicher Ober-Amts-Advo-
cat in der Marggraffschafft Ober-lausitz. A.
1731. ward er zu Wittenberg I. U. Doctor, wendete sich nach Görlitz, und nachher nach Camentz,
und ward nach einigen Jahren Chur-Sächsischer
Rath und Historiographus.

s. *S. Gottfr. Lud. Menckenii Progr.* De augmento
& odio Geradæ non arti, sed Interesse proprio
adscribendo. *Vitemberg.* 1731. Ad ejus Disputationem Inaugur.

70) Bünemann (August. Rudolph. Jesaias)

I. U. Doctor, Comes Palat. Cæsar. der Stadt
Hannover Cammer-Anwald, und ordentlicher Advocat bey dem Ober-Appellations-Gericht zu Zelle; Ist A. 1716. den 5ten May zu
Minden an der Weser gebohren, studirete
seit 1733. zu Halle, ward nachher Secretarius bey
dem Preußischen General von Sonsfeld, und hierauf eben dergleichen bey dem Preußischen Staats-
Minister von Borck, ward ferner A. 1738. Fiscal bey der Mindenschen Kriegs- und Domai-
nen Cammer, gieng A. 1739. mit seinem seeli-
gen Vater nach Hannover, wo er der Stadt
Hannover Cammer- und Kirchen-Anwald, A.
1740. ordentlicher Advocat bey dem Ober-Appellations-Gerichte zu Zelle, A. 1753. I. U. Doctor zu Göttingen, und nachher Comes Palatinus Cæsareus ward.

71) von

71) von Buininck (Goswin Joseph.)

ICtus, Jülich- und Bergischer Geheimbder Rath zu Düsseldorff, seit 1763. Er war vorhero Hoff-Rath.

72) Burchardi (Wolrad)

I. U. Doctor, und Professor Iuris an dem Gymnasio Academico zu Herborn; Ist gebürtig von Nieder-Aula in Hessen, studirete zu Marburg, ward daselbst A. 1755. I. U. Doctor, und A. 1758. zweyter Professor an dem Gymnasio zu Herborn.

73) von der Burgh, oder Bourgh (Eberhard. Winand.)

I. U. Doctor, Professor der Griechischen Sprache und der Beredsamkeit, und Rector der Schulen zu Saltz-Bommel in Holland, seit A. 1752.

74) von Buri (Friedrich Carl)

ICtus, und Hoch-Fürstl. Hessen-Darmstädtischer würcklicher Geheimbder-Rath zu Darmstadt; Gebohren A. 1703, den 22 August zu Scharnebeck im Lüneburgischen, studirete seit 1721 zu Helmstädt, hofmeisterte bey einigen jungen Herren von Abel, und kam in solcher Qualität A. 1731. nach Giesen, ward A. 1733 Gräflich- und nachher Fürstl. Ysenburg-Birsteinischer Hof-Rath, und Hofmeister des Prinzens, Johann Casimir, so in der Schlacht

C 1   bey

bey Bergen, den 13 April 1759. sein Leben beschloß-
sen. R. wete hierauf nach Franckreich, und ward A.
1736 Cantzley = Director zu Birstein, befand
sich A. 1742. auf dem Fürsten = Tage zu Offenbach, ward A 1744 Regierungs = Director zu
Birstein bald darauf aber Directoriat = Rath
des Reichs = Gräflichen Wetteronischen Collegii,
A. 1747. erster Sub-Delegatus bey der zu Unter-
suchung des Fürstl. Anhalt = Schaumburgischen
Schulden-Wesens niedergesetzten Commißion, und
ward A. 1753. in des H. R. Reichs Adel-
Stand erhoben. Kam A 1754. mit der Fürstl.
Ysenburgischen Cantzley nach Offenbach, und
ward A. 1756. als Geheimbder = Rath, und
Regierungs = Director abgeordnet zu Onoltzbach
die erste Fürstl. Ysenburgische Belehnung, als
Adel. Bevollmächtigter, zu empfangen; Er-
hielt A. 1757. seine Entlassung, und begab sich
zur Ruhe auf den Neuhoff, ein dem Printzen,
Friedrich Ernst, von Ysenburg zustehendes,
und in einer sehr angenehmen Gegend zwischen
Franckfurt und Offenbach gelegenes Land = Guth.
Ward A 1764. im Monath April Hoch = Fürstl.
Hessen=Darmstädtischer würcklicher Geheimbder-
Rath zu Darmstadt.

75) Busenellus (Petrus)

ICtus, und Professor des Geistlichen Rechts
auf der Universität zu Padua.

C.

76) Camerer (Io. Fridericus)

Königl. Dänischer würklicher Kriegs-Assessor zu Schleßwig, und Auditeur des Königl. Leib-Regiments Dragouner, auch Correspondent der Königl. Groß-Britannischen Societät der Wissenschaften zu Göttingen.

77) Cannegieter (Henricus)

I. U. Doctor, Professor der Geschichte und der Beredsamkeit, wie auch Rector der Stadt-Schule zu Arnheim. Gebohren A. 1691. den 24 Februar zu Steinfurt. Ward A. 1714. Pro-Rector der lateinischen Stadt-Schule zu Arnheim, bald darauf Professor der Geschichte und der Beredsamkeit, A. 1720. Rector an gedachter Schulen, und A. 1734. I. U. Doctor zu Harderwyk.

S. Strodtmanns Neues gelehrtes Europa. 1 sten Theil. S. 14.-19. und IXten Theil. S. 89. u. f.

78) Cannegieter (Hermann.)

I. U. Doctor, und Professor Ordinarius des Bürgerlichen, Natur- und Völcker- auch Holländischen öffentlichen Rechts auf der Universität zu Franecker; Ist ein Sohn des vorhergehenden, und A. 1723. den 2 August zu Arnheim gebohren, studirte seit 1736. zu Arnheim und Leiden, und ward allhier A. 1744 den 18 September I. U. Doctor, worauf er sechs Jahr lang

einen

einen Abvocaten im Geldrischen Hoff = Gericht
abgab. Ward A. 1750. als Profeſſor Iuris
Ordinarius nach Franecker berufen, nahm aber
er ıt ım folgenden Jahre hiervon Beſitz, wozu
noch A. 1752. die Profeſſion des Holländiſchen
öffentl:chen, wie auch des Natur = und Völcker=
Rechts kam.

> S. 1) Strodtmann am angezog. Orte. IXten Theil.
> S. 61 68. 2) Em. Luc. Vriemæt Athenæ
> Friſiacæ. Elog. um CXXXII. p. 870 ſeqq.

79) Cantz (Eberhard Chriſtoph.)

I. U. Doctor, Herzogl. Würtembergiſcher
Rath, und Profeſſor Iuris Ordinarius auf der
Univerſität zu Tübingen; Gebohren A. 1726
den 12 November zu Tübingen, ſtudirete
daſelbſt, und ward auch allba A. 1745. I. U.
Licentiatus, A. 1755. Profeſſor Iuris Extraordinarius, und A. 1759. Profeſſor Iuris Ordinarius, I. U. Doctor, auch Würtembergiſcher Rath.

80) von Carrach (Io. Philipp.)

Phil. & I. U. Doctor Königl. Preußiſcher Ge-
heimbder=Rath, und Profeſſor Iuris Ordinarius
auf der Univerſität zu Duisburg; Iſt A. 1730.
den 30 Auguſt zu Halle gebohren, deſſen Frau
Mutter Auguſta Sophia gebohrne Schubar-
thin des Seel. D. Martin Luthers trineptis war,
ſtudirete in ſeiner Vater = Stadt ſeit A. 1745.
ward allba A. 1749. Magiſter, A. 1750. I. U.
Doctor A. 1752. Profeſſor Iuris Extraordinarius, und Aſſeſſor der Juriſten = Facultät, A.
1757.

1757. Fürstl. und Gräflich Dienburg-Bübin-
gischer Hoff-Rath von Hauß aus, A. 1758. de-
signirter Professor Iuris Ordinarius nach Duisburg, die er aber wegen des Krieges anzutreten
verhindert wurde; ward verschiedener Reichs-
Fürsten und Stände Geheimbder Rath, und geadelt, auch A. 1764. den 10 December zu Duisburg gewöhnlicher maßen installiret.

    S. Io. Tob. Carrachii, Parentis, Epistola, ejus
    Disputationi Inaug. adjecta.

81) Carrach (Io. Tobias)

I. U. Doctor Königl. Preußischer Geheimbder-Rath, der Friedrichs-Universität zu Halle
Director, der Juristen-Facultät Præses Ordinarius, und Professor Iuris Primarius; Ist A. 1702.
den 1 Januar zu Magdeburg gebohren, stubi-
rete seit dem Monath Julius 1721 zu Halle, ward
daselbst A. 1729. I. U. Doctor, A. 1732. Professor Iuris Extraordinarius, A. 1735. Assef-
sor im Schöppen-Stuhle, A. 1738. Professor Iuris Ordinarius, und Assessor der Juristen-Facultät, und A. 1753. Königl. Preußischer Geheimbder Rath, und Senior der Juristen-Facultät. Ward A. 1759. im Monath August von
denen Reichs-Völckern als Geisel von Halle
mit weggenommen, nach Nürnberg und von dar
nach Prag, sodann im Mertz 1760 wiederum
von Prag nach Nürnberg, endlich im November
1762 nach Hemmau im Neuburgischen geführet,
allhier aber im December A. 1762. von denen
Preußischen Truppen wieder in Freyheit gesetzet.

              E 5   Hier-

Hierauf ward er A. 1763 den 19 September, Director der Universität Halle, Præses Ordinarius der Juristen-Facultät, und Professor Iuris Primarius, nebst einer beträchtlichen Vermehrung des Gehalts.

82) Chafreonius (Matthias)

ICtus, und Professor primarius Iuris Canonici auf der Universität zu *Salamanca*.

83) Chladenius (Ernest. Martinus)

I. U. Doctor, Churfürstl. Sächsischer Hoff-Rath, des Geistlichen Consistorii Director, des Hoff-Gerichts und des Schöppen-Stuhls erster Beysitzer, der Juristen-Facultät Ordinarius, und Professor Decretalium auf der Universität zu Wittenberg; Ist A. 1715. den 6 August zu Wittenberg gebohren, studirete daselbst seit 1733. ward alba A. 1743. den 29 November, I. U. Doctor, A. 1746. Professor des Lehn-Rechts, und Assessor Extraordinarius der Juristen-Facultät, A. 1752. Professor Institutionum Ordinarius, und Assessor im Hoff-Gericht, im Schöppen-Stuhl, und in der Juristen-Facultät, A. 1754. Assessor des Lands-Gerichts in der Nieder-Lausitz, A. 1759 Professor Digesti infortiati & novi, auch Assessor im Consistorio, A. 1761 Professor Digesti veteris, und A. 1763. Chur-Sächsischer Hoff-Rath, Director des geistlichen Consistorii, erster Beysitzer im Hoff-Gericht, und im Schöppen-Stuhl, Ordinarius der Juristen-Facultät, und Professor Decretalium.

84) Chla-

84) Chladenius (Justus Georg.)

Phil. & I. U. Doctor, und Chur-Fürstlich
Sächsischer würcklicher Appellations-Rath zu
Dreßden, Gebohren A. 1701. im Monath
Septemb. zu Ubigau, studirete seit 1719. zu
Wittenberg, ward allda A. 1721. Magister,
A. 1723. Iuris Candidatus und Advocatus, wor-
auf er Vorlesungen anstellete, A. 1725. I. U.
Doctor, A. 1731. Professor Iuris Feudalis, auch
Assessor Extraordinarius der Juristen-Facultät
und A. 1734. den 7 Junius würcklicher Appel-
lations-Rath zu Dreßden.

85) Claproth (Justus.)

I. U. Doctor, Professor Iuris Ordinarius, Assessor Extraordinarius der Juristen-Facultät, und
Königl. Churfürstl. Manufactur-Richter zu Göttingen; Gebohren A. 1728. den 28 December zu
Cassel, studirete seit Michaelis 1748. zu Göttingen, ward daselbst A. 1752. Stadt-Secretarius,
und A. 1753. Guarnisons-Auditeur. Legte A.
1756. um Michael diese Stellen nieder, und ward
daselbst A. 1757. im April I. U. Doctor, in eben
demselben Jahre Assessor Extraordinarius der dasigen Juristen-Facultät, wie auch Manufactur-
Richter, A. 1759. Professor Iuris Extraordinarius, und A. 1761. Professor Iuris Ordinarius.

86) Col-

---

* S. Herrn HR. Pütters Versuch einer Academischen
Gelehrten-Geschichte von der Universität Göttingen.
§. 76. S. 153. u. f.

86) Collin (Lorenz Iohann.)

Profeſſor Ordinarius des Vaterländiſchen (Dä-
niſchen) und des Römiſchen Rechts auf der Academie zu *Lund* in Schonen.

87) Conradi (Iohann. Ludovicus.)

Phil. & I. U. Doctor, und bisheriger Profeſſor
Antiquitatum Iuris zu Leipzig, auch des daſigen
großen Fürſten-Collegii Collegiat; Iſt A. 1731.
zu Marburg gebohren, ſtubirete zu Marburg
und Leipzig, ward auf letzterer Univerſität A.
1754. Magiſter, A. 1755. Collegiat im groß
ſen Fürſten-Collegio, A. 1756. den 11 März,
I. U. Doct. und hielt ſodann Academiſche Vorleſungen, hierauf ward er A. 1763. Profeſſor Antiquitatum Iuris. Nunmehro befindet er ſich in
Marburg, und hat A. 1765. ſeine Entlaſſung
von der Profeßion am Dreßdner Hofe geſuchet,
und auch erhalten.

88) Freyherr von Cramer (Io. Ulricus)

ICtus, und E. Höchſtpreißl. Kayſerl. und des
H. R. Reichs Cammer-Gerichts zu Wetzlar
Beyſitzer; Iſt A. 1706 den 8 November, in der
freyen Reichs-Stadt Ulm gebohren, ſtubirete ſeit 1726. zu Marburg, ward baſelbſt A. 1731.
Magiſter, in eben demſelben Jahre I. U. Doctor,
und auch Profeſſor Iuris Extraordinarius, A.
1733. Profeſſor Iuris Ordinarius, A. 1740.
Heſſen-Caſſeliſcher Hoff-Rath, A. 1742. Kayſ.
würklicher Reichs-Hoff-Rath, und des H. R.
Reichs

Reichs Freyherr, A. 1745. Beysitzer des zu München eröfneten Reichs-Vicariats-Hoff-Gerichts,
worauf er A. 1747. von dem Fränckischen Crayß
als Beysitzer E. Höchstpreißl. Kayserl. Cammer-
Gerichts zu Wetzlar präsentiret ward, von welcher
hohen Stelle er denn auch A. 1752. den 17 April
würklichen Besitz genommen. Nachdem aber A.
1765. Sr. Königl. Majestät in Preußen, als Chur-
fürst zu Brandenburg, aus allerhöchst eigener Be-
wegung zu der seit geraumer Zeit offen gebliebenen
Chur-Brandenburgischen Assessorats-Stelle bey dem
Höchstpreißl. Cammer-Gerichte den Freyherrn von
Cramer zu präsentiren allergnädigst geruhet ha-
ben; so hat derselbe an 26 Junius 1765. in einem
deßhalb versammleten Pleno die Fränkische Präsen-
tation niedergeleget, und sogleich darauf als Chur-
Brandenburgischer Präsentatus aufgeschworen.

S. Bruckeri Pinacotheca Scriptorum illustrium.
Dec. X.

89) Crassous.

Doctor und Professor der Juristischen Facultät
zu Paris, welcher, nebst dem D. de la Roche,
wegen der Adhæsion des Provincial-Concilii zu
Utrecht A. 1764. in das Exilium verwiesen worden.

90) Croll. (Georg. Christian.)

Bibliothecarius und Professor an dem Gymnasio
zu Zweybrücken.

D.

D.

91) Dahm (Io. Michael.)

I. U. Doctor, Churfürstl. Mäyntzischer Hoff-Rath, und Professor Institutionum Ordinarius auf der Universität zu Mayntz. Er war vorhero daselbst Professor Digestorum Extraordinarius.

92) Dahmen (Wilhelm. Anton.)

I. U. Licentiatus, Professor Iuris Ordinarius auf der Universität zu Heydelberg, und Chur-Pfältzischer Hoff-Gerichts-Rath.

93) Danieli (Petrus Antonius.)

ICtus, und Professor Iuris Ordinarius in dem Archi-Gymnasio zu Rom.

94) Darjes (Ioachim. Georg.)

Phil. & I. U. Doctor, Königl. Preußischer Ge-heimbder-Rath, und Professor Iuris, wie auch Philosophiae Ordinarius auf der Universität zu Frankfurt an der Oder; Gebohren A. 1715. den 23 Junius zu Güstrow, studirete seit 1729 zu Rostock und Jena die Gottesgelahrheit, ward zu Jena A. 1735. Magister, A. 1738. Adjunctus der Philosophischen Facultät, und, nachdem er durch besondere Umstände bewogen worden, das Studium Theologicum mit dem Iuridico zu verwechseln, A. 1739. zu Jena I. U. Doctor, A. 17?4. Professor der Moral und Politic, auch Sachsen-Weymar-und Eisenachischer Hoff-Rath, und A. 1763.

um

um Michaelis Königl. Preußischer Geheimbder-
Rath, und Profeſſor Iuris und Philoſophiae Or-
dinarius auf der Univerſität zu Frankfurt án der
Oder.

S. 1) Das im Jahr 1743 blühende Jena. S. 175.
178. und Zuſätze. S. 23. deßgl. S. 97. 99. 2) des
Herrn Geh. Raths Darjes Vorrede zur Einleitung
in des Freyherrn von Bielefeld Lehrbegriff der
Staats, Klugheit.

95) Deniſart (I. - - B. - - -)

ICtus, und Procurator bey dem Chatelet zu Paris. Hat ſich durch verſchiedene Juriſtiſche, und
wohl aufgenommene Schriften der gelehrten Welt
bekannt gemacht.

96) Detharding (Georg. Auguſt.)

Königl. Däniſcher Juſtiz-Rath, und Syndicus
des Dom-Capituls zu Lübeck; Iſt gebürtig von
Roſtock, war vorher Profeſſor des Staats-
Rechts und der Geſchichte an dem Gymnaſio Academico zu Altona auch Königl. Däniſcher würklicher Cantzley-Aſſeſſor.

97) Dewald (Ioſeph. Daniel.)

I. U. D. und würkl. Käyſerl. Königl. öffentlicher und ordentlicher Lehrer der Rechten auf der
Univerſität Prag.

98) Dick (Robertus.)

Profeſſor des Bürgerlichen und Canoniſchen
Rechts auf der Univerſität zu Edimburg.

99) Dick-

99) Dickhoff (Otto Dietrich.)

Land = Rath und dirigirender Burgermeister, auch Professor Iuris an dem Gymnasio zu Stargard.

100) Dickins (Franciscus)

Doctor, und Professor Legum Regius auf der Universität zu *Cambridge*.

101) Dilthey (Philippus)

I. U. Doctor, und Professor Iuris & Historiarum Ordinarius auf der neu angelegten Universität zu *Moscau*.

102) Ditterich (Io. Andreas Balthasar)

I. U. Doctor, Churfürstl. Trierischer würcklicher Geheimbder=Rath, des Fürsten Bischoffs zu Bamberg und Würtzburg würcklicher Hoff=Rath, Professor Codicis, Pandectarum, Iuris Criminalis & Praxeos Publicus & Ordinarius, der Juristen=Facultät Assessor, Senior und Primarius auf der Universität zu *Bamberg*. Er ward A. 1746. im Monath Januar, zu Bamberg I. U. Doctor, und war damahls schon Bischöflich Bambergischer Hoff= Rath, und Professor Institutionum Iustinianearum Ordinarius, wie auch der Römischen Alterthümer, und der Geschichte des Römischen und Teutschen Rechts. A. 1749. ward er Professor Iuris Publici & Feudalis, und A. 1753. Professor Primarius.

103)

103) Dolp (Daniel Eberhard).

ICtus, Comes Palat. Cæfareus: Raths Confu-
lent und Syndicus der freyen Reichs-Stadt Nördlingen; Ist aus Nördlingen gebürtig, und
ein Sohn des ehemaligen dasigen Rectoris. Er
hat einige Jahre in Halle studiret, und sich durch
verschiedene die Gerechtsame seiner Vater-Stadt
betreffende gründliche Schriften in der gelehrten
Welt bekant gemacht.

104) Dreyer (Io. Carolus Henricus

I. U. Doctor, Comes Palat. Cæsar. des Hoch-
Stiffts Lübeck Dom-Probst, der Kayserl. freyen
Reichs-Stadt Lübeck, zweyter Syndicus, der
Kayserl. Academie der Wissenschaften zu St. Pe-
tersburg, der Königl. Dänischen und Churfül. öl.
Bayerischen Gesellschaften der Wissenschaften zu
Coppenhagen und München, wie auch der Du-
isburgischen Mitglied. Gebohren A. 1723. den
11. December zu Wahren, einer Stadt im
Mecklenburgischen, studirte zu Kiel, ward
A. 1744 zu Helmstädt I. U. Doctor, that hier-
auf eine gelehrte Reise, ward A. 1745. Profes-
for Iuris Ordinarius zu Kiel, und Canꜩley-Rath,
A. 1753. aber zweyter Syndicus der Kayserl.
freyen Reichs-Stadt Lübeck, nachhero Comes Palat. Cæsar. auch des Hoch-Stiffts Lübeck Dom-
Probst, und nach und nach ein Mitglied derer
vorbenannten gelehrten Gesellschafften.

105) Drü-

D

105) Drümel (Io. Henricus)

Hoch-Fürstl. Passauischer Hoff-Rath zu Passau; Gebohren zu Nürnberg, studirete in denen Jahren 1727. 1728. und 1729. zu Altdorf, ward A. 1747. Con-Rector an dem Gymnasio Poëtico zu Regenspurg, und A. 1751. Rector und Professor Eloquentiæ; Danckete aber A. 1762 den 5. April ab, und wurde Hochfürstl. Passauischer Hoff-Rath, und Catholisch.

106) Frey-Herr von Dünwald (Ferdinand. Henricus)

ICtus, und E. Höchstpreißl. Reichs-Cammer-Gerichts zu Wetzlar Beysitzer. Er war vorhero Professor Iuris Ordinarius auf der Universität zu Maynz, ward von dem Bäyerischen Kräyße als Assessor des Cammer-Gerichtes präsentiret, und legte A. 1745. den 12. Julius, die Pflicht ab.

107) Dürand de Maillanne.

Ein berühmter Advocat im Parlament zu Paris; Hat sich durch sein Dictionnaire de Droit Canonique, & de Pratique beneficiale, conferé avec les Maximes de la Iurisprudence de France &c. welches in dem Geistlichen Rechte vor einen Frantzösischen Rechtsgelehrten von sehr grossem Nutzen ist, in der gelehrten Welt bekannt gemacht.

108) Dürr (Franciscus Anton.)

I. U. Doctor, und Churfürstl. Maynzischer Hoff-Rath, auch Professor Iuris & Historiarum Ordinarius auf der Universität zu Maynz. Ward A. 1751.

A. 1751. ju Mayntz I. U. Doctor, und A. 1757.
Profeſſor Iuris & Hiſtoriarum Ordinarius, auch
Hoff-Rath.

109) Düſing (Dietericus)

I. U. Doctor, und Profeſſor Iuris & Hiſtoriarum an dem Gymnaſio Academico ju Bremen, ſeit 1732.

110) Dunius (Emanuel)

Ein ICtus ju Rom.

E.

111) Eckher (Franciſcus Iacob. Wilhelm)

I. U. und Philoſ. Doctor ju München.

112) Ehrlen (Io. Fridericus)

Philoſ. & I. U. Doctor, und Profeſſor Inſtitu-
tionum Imperial. Publ. Ordinarius auf der Uni-
verſität ju Straßburg; Iſt gebürtig von
Straßburg, ward daſelbſt A. 1750. Magiſter,
A. 1756. I. U. Doctor, und A. 1761. nach D.
Silberrads Abſterben, Profeſſor Inſtitutionum
Ordinarius.

113) von Eichmann (Otto Ludovicus)

I. U. Doctor, Profeſſor Iuris Primarius auf
der Univerſität ju Duisburg, und verſchiedener
gelehrten Geſellſchaften Mitglied ; Gebohren
A. 1726. den 10. Märtz ju Berlin, ſtudirete
ſeit A. 1745. ju Halle, ward allda A. 1750.
den 24. December I. U. Doctor, A. 1751. ju Du-

isburg

teburg Professor Iuris Extraordinarius, A. 1752.
Professor Iuris Ordinarius, und A. 1758. Professor Primarius.

114) Eisenbach (Io. Fridericus)

I. U. Doctor, Würtembergischer Regierungs-
Rath, und Geheimbder-Secretarius zu Stutt-
gard; Gebohren A. 1728. den 2. Februar, zu
Stuttgard, studirete zu Tübingen und Göttin-
gen, ward auf letzterer Universität A. 1751. I. U.
Doctor, und A. 1753. Geheimbder-Secretarius zu
Stuttgard, mit dem Titul eines Regierungs-Raths.

> S. *Io. Fried. Weblii Progr.* De restitutione in in-
> tegrum majorum adversus Sententiam provoca-
> tione non suspensam, sive, contra rem Judicatam.
> *Gassinge* 1751. Ad *ejus.* Disputationem Inaugu-
> ralem.

115) Eisenhart (Io. Friedericus)

I. U. Doctor, Herzoglich-Braunschweig-Lü-
neburgischer Hoff-Rath, und Ordinarius der
Juristen-Facultät zu Helmstädt, der dasigen
Teutschen Gesellschafft-Vorsteher, und der Königlichen Teutschen Gesellschafften zu Königsberg
und Göttingen Mitglied; Ist gebohren A. 1720.
den 18 October in der freyen Reichs-Stadt,
Speyer, studirete seit 1739. zu Helmstädt,
ward A. 1746. daselbst I. U. Licentiatus, A.
1748. Adjunctus der Juristen-Facultät, auch
in selbigem Jahre I. U. Doctor, A. 1751. Assessor der Juristen-Facultät, A. 1753. Professor Iuris Extraordinarius, A. 1755. Professor

for Iuris Ordinarius, A. 1759. Hoff-Rath, und A. 1763. Ordinarius der Juristen-Facultät.

116) Elend von Elendsheim (Gottfried Heinrich)

I. U. Doctor, Ritter des Rußischen St. Annen-Ordens, Conferenz- und vorsitzender Rath in dem Groß-Fürstl. Schleßwig-Hollsteinischen Cammer- und Finanz-Collegio oder Renta-Kammer, zu Kiel; Ist gebohren A. 1706. den 1 Februar zu Hannover, studirete seit 1725. zu Helmstädt und Halle, reisete als Hofmeister nach Holl- und Engelland, kam A. 1733. nach Kiel, ward allda A. 1734. den 9 August. I. U. Doctor, A. 1738. Professor Iuris Extraordinarius, und A. 1740. Syndicus bey dem Dom-Capitul zu Lübeck. Kam nach einigen Jahren wiederum nach Kiel als Ober-Procurator, oder, Ober-Sachwalter, ließ sich A. 1750. adeln, und ward Geheimbder-Legations-Rath. A. 1756. gerieth er mit dem nunmehrigen würklichen Justiz-Rathe, *Gadendam*, zur Hafft- und Inquisition. A. 1758. laß man in denen öffentlichen Blättern, daß ihm und gedachtem Herrn *Gadendam*, durch einen Rechts-Spruch der Strang zuerkannt worden sey; Doch hoffte man schon damahls, daß dieser Spruch gemildert werden würde. Zu Anfange des Jahres 1763. ward er seines Arrests entlassen, und den 18 December 1764. ward sein Schicksal völlig entschieden: Denn Krafft des gesprochenen Urtheils ist der wider ihn angestellte Inquisitions-Proceß nichtig und ungegrün-

der

det declarirt, und derselbe hiervon gänßlich entbun-
den und loßgezehlet worden; Dahingegen dem
Fiscal und Jußtiz-Rath, **Johann Jacob Weg-
nern,** auf sein immediates Ansuchen, mittelst fälsch-
licher Vorbringungen constituirten Fiscalis und
Accusatoris in puncto verschiedener dem von
Elendsheim nach eigener Willkühr angeschuldig-
ten Staats-Verbrechen, besonders der criminum læ-
sæ Majestatis, Proditionis, Repetundarum, Præ-
varicationis, und anderer in libello auf eine ver-
wegene Art imputirten Verbrechen, seine Bestal-
lungen abgenommen, und selbiger zum Zuchthau-
se verdammet worden; Wie hingegen ernannter
von **Elendsheim** von Jhro Rußisch-Käyserl.
Majeßtät zum Conferenz- und vorsißenden Rath
in dem Groß-Fürstl. Schleßwig-Hollsteinischen
Cammer- und Finanz-Collegio allergnädigßt ernennet worden. Ward den 1 October 1765.
mit dem Rußischen St. Annen-Orden begnadiget.

117) Endres (Jo. Nepomucenus)

S. S. Theol. und I. U. Doctor, des Fürsten
Bischoffs zu Bamberg und Würßburg Geistlicher
Rath, und S. S. Canonum Professor Publicus
auf der Universität zu **Würßburg,** seit 1761.

118) Engelbrecht (Jo. Brandanus)

I. U. Doctor, und Professor Iuris Ordinarius auf der Universität zu **Greifswald,** und
Assessor Consistorii; Jst geboren A. 1717. den
7 März zu **Greifswald,** studirete seit 1732.
in seiner Vater-Stadt und zu Helmstädt, nahm

hierauf

hierauf einige gelehrte Reisen vor, ward zu Greifswald A. 1739. Advocatus, A. 1741. I. U. Doctor, A. 1742. Adjunctus der Juristen-Facultät, A. 1743. Syndicus der Universität, A. 1758.
Profeſſor Iuris Ordinarius, und A. 1763. Aſſeſſor Conſiſtorii.

119) Engelbronner (Jo. Conrad.)

Ordentlicher und öffentlicher Profeſſor des Bürgerlichen und Natürlichen Rechts an dem Collegio Carolino zu Caßel, Fürſtl. Heßen-Caßeliſcher Pagen-Hofmeiſter, und Mitglied der Geſellſchafft der freyen Künſte und Wißenſchafften zu
Leipzig; Ward Profeſſor zu Caßel A. 1764.

120) Engelhard (Regnerus)

Hoch-Fürſtlich. Heßiſcher Kriegs-Rath zu
Caßel.

121) von Erath (Anton. Uldaricus)

ICtus, und des Prinҷen von Oranien Regierungs-Rath zu Dillenburg; Iſt gebürtig von
Braunſchweig, ſtudirete zu Helmſtädt, ward nachher Chur-Braunſchweigiſcher Hoff-Rath, und
A. 1747. des Prinҷen von Oranien Regierungs-
Rath zu Dillenburg, iſt auch nachgehends in
den Adel-Standt erhoben worden.

122) Ereskine (Johann.)

Profeſſor Legum Municipalium auf der Univerſität zu Edimburg.

D 4   123)

123) Erichſen (John)

Profeſſor Iuris Civilis auf der Königl. Ritter-Academie zu Soroe, ſeit 1764.

124) von Eſſen (Imman. Chriſtoph.)

I. U. Doctor und Profeſſor Iuris Ordinarius, auch Syndicus zu Greifswald; Iſt daſelbſt A. 1715. den 11 Junius gebohren, ſtudirete ſeit A. 1730. zu Greifswald, zu Jena und Halle, ward A. 1738. in ſeiner Vater-Stadt Regierungs-Advocat, A. 1739. Secretarius des Königl. Conſiſtorii, A. 1745. den 14 September, I. U. Doctor, A. 1747. zwenter Adjunctus der Juriſten-Facultät, auch Syndicus der Univerſität, und A. 1758. Profeſſor Iuris Ordinarius.

S. *de Balthaſar Progr*. VIIIvum, De vitis ICtorum Gryphiswaldenſium. *Gryphisvv*. 1745.

125) Eſtor (Jo. Georg.)

I. U. Doctor, Hoch-Fürſtl. Heßen-Caßeliſcher Geheimbder-und Regierungs-Rath, Vice-Contzler der Univerſität Marburg, und Profeſſor Iuris Primarius; Gebohren A. 1699. zu Schweinsberg in Heßen, ſtudirete zu Gieſen und Halle, hielt ſich einige Zeit zu Leipzig, Straßburg und Wetzlar auf, ward A. 1725. den 15 Märtz zu Gieſen I. U. Licentiatus, A. 1726. allda Profeſſor Iuris Extraordinarius, Heßiſcher Rath, und Hiſtoriographus, A. 1727. Profeſſor Iuris Ordinarius, und Aſſeſſor der Juriſten-Facultät, A. 1728. den 14 Auguſt I. U. Doctor, ſtor, A. 1735. zu Jena Preſſor Pandectarum Ordinarius, Aſſeſſor des Hoff=Gerichts, des Schöppen=Stuhls, und der Juriſten=Facultät, auch Fürſtl. Sächſiſcher Hoff=Rath, A. 1742. zu Marburg Profeſſor Iuris Ordinarius, und Heßen=Caßeliſcher Regierungs=Rath, A. 1748. Vice-Cantzler der Univerſität Marburg, auch Profeſſor Iuris Primarius, und A. 1754. Heſſen=Caßeliſcher Geheimbder=Regierungs=Rath.

F.

126) Fæſch (Io. Henricus.)

Phil. & I. U. Doctor, und privat=Docent auf der Univerſität zu Baſel.

127) Falckenhagen (Io. Henricus.)

I. U. Doctor, und privat=Docent auf der Univerſität zu Göttingen; Iſt gebohren A. 1720. in der Graffſchaft Hoya, ſtudirete zu Helmſtädt und Göttingen, und zwar auf letzterer Univerſität zum Theil als Hofmeiſter, und ſo, daß er zugleich daſelbſt ſtudirenden Engelländern mit Unterricht in Wiſſenſchafften und Sprachen dienete. Nachdem er A. 1753. zu Göttingen I. U. Doctor worden, hat er ſich zwar hauptſächlich, der Rechts=Praxi gewiedmet, fähret aber doch zugleich fort, von Zeit zu Zeit in der Praktiſchen Rechtsgelehrſamkeit, oder auch in der Engliſchen Sprache Unterricht zu geben.

S. Herrn HR Pütters Verſuch einer Academiſchen Gelehrten Geſchichte von der Univerſität Göttingen. S. 200.

D 5   128) Falck-

128) Falckner (Io. Henricus.)

Phil. & I. U. Doctor, und Proſeſſor Codicis Ordinarius auf der Univerſität zu Baſel, ſeit A. 1760. War vorhero daſelbſt ordentlicher Lehrer der Moral, wie auch des Natur=und Völcker= Rechts, Beyſitzer der Juriſten=Facultät, und Syndicus der Republik. Bekam die Profeſſionem Codicis nach Nicolai Bernoulli Todte.

129) Feigel (N. - - -)

I. U. Doctor, und Proſeſſor Iuris ad ſuperio-res inſtantias auf der Univerſität zu Prag.

130) Fellenberg (Daniel)

Proſeſſor Iuris Naturae, Gentium & Civilis auf der Univerſität zu *Bern*; Er bekam dieſe Stel= le A. 1763.

131) Fels (Iacobus.)

I. U. Licentiatus, des Geheimen=Raths, auch Syndicus der Heil. Röm. Reichs=Stadt Lindau im Boden=See; Iſt daſelbſt A. 1730. den 6 Januar gebohren, ſtudirete ſeit 1748. zu Jena, ward allda A. 1752. I. U. Licentiatus, und her-nach in ſeiner Vater=Stadt A. 1764. nach des berühmten L. Wegelins Todte, des Geheimen= Raths, auch Syndicus.

   S. *Io. Wilh. Dietmari Progr.* De teſte ex univerſi-
    tate pro ſua univerſitate habili. Ienae 1752. Ad.
    Felsii Diſp. Inaug. De Conſœderationibus libera-
    rum S. R. Imperii Civitatum.

132) Feuer-

132) Feuerlein (Io. Conradus).

I. U. Doctor, und Consulent der Republik Nürnberg; Iſt daſelbſt gebohren, ſtudirete zu Altdorf, wo er A. 1748. I. U. Doctor, und nachher Consulent zu Nürnberg ward.

133) Feuſtel (Chriſtian. Iohann.)

I. U. Doctor, Churfürſtl. Sächſiſcher Hoff- und Juſtiꜩien-Rath, und Ober-Auffeher-Amts-Adjunctus zu Eißleben; Gebohren zu Grimma, ſtudirete zu Leipzig und Halle, ward auf leꜩterer Univerſität A. 1733. I. U. Doctor, gieng um Oſtern 1734. nach Leipzig, hielt allda Academiſche Vorleſungen, ward A. 1745. Hoff- und Juſti-zien-Rath, auch Archivarius Adjunctus zu Dreß-den, und kam A. 1759. als Ober-Auffeher-Amts Adjunctus nach Eißleben.

134) Fick (Io. Ericus.)

I. U. Doctor, und Königl. öffentlicher Lehrer der Praktiſchen Rechtsgelehrſamkeit auf der Uni-verſität zu Upſala; Gebürtig aus Weſtermann-land in Schweden, ward A. 1736. zu Er-furt I. U. Doctor, und nach einigen Jahren Pro-feſſor Iuris auf der Univerſität zu Upſala.

135) Fineſtres & de Monſalvo (Franciſ.)

I. U. Doctor, Profeſſor Iuris zu *Cervera*, und Canonicus zu Gerunde. Er iſt ein Bruder des gleich folgenden.

136) Fi-

136) Fineſtres & de Monſalvo (Ioſeph.)

ICtus, und Anteceſſor Legum Primarius zu *Cervera.* Er iſt ein Bruder des vorhergehenden, und ſind ſelbige von Barcellona gebürtig.

137) Fiſcher (Fridericus Auguſtus)

I. U. Doctor, Profeſſor Digeſti Infortiati & Novi Ordinarius auf der Univerſität zu Witten-berg, Aſſeſſor des Hoff-Gerichts, des Schöp-pen-Stuhls, und der Juriſten-Facultät; Ge-bohren zu Wittenberg A. 1727. den 16. Au-guſt, ſtudirete ſeit 1746. zu Wittenberg, ward A. 1752. Chur-Sächſiſcher Advocat, und bald darauf Steuer-Procurator, A. 1758. Raths-Herr zu Wittenberg, und auch in ſelbigen Jahre daſelbſt I. U. Doctor, A. 1765. Profeſſor Inſti-tutionum Ordinarius, nebſt denen damit verknüpf-ten Stellen, und noch in ſelbigem Jahre Profeſſor Digeſti Infortiati et Novi.

   S. *Antr. Flor. Rivini Progr.* De auctoritate ſacer-dotum veteris Germaniæ in Iudiciis. *Vitemberga* **1758.**

138) Fiſcher (Martin. Guſtavus)

I. U. Licentiatus, und Raths-Herr zu Stral-ſund, Iſt A. 1710. VI. Kal. April. zu Greifs-wald gebohren, ſtudirete ſeit 1729. zu Roſtock, Wittenberg, Halle und Frankfurt an der Ober, gab auch während dieſer Zeit einen Hofmeiſter ab, kam A. 1737. nach Güſtrow, allwo er ei-nige Zeit einen Advocaten abgab, ging A 1738.

nach

nach Greifswald, ward allda A. 1739. I. U. Licentiatus, und nach einiger Zeit Raths - Herr zu Stralsund.

   S. *Aug. de Bathasar Prog. IIItium*, De vitis ICtorum Gryphiswald. Gryphisw. 1739.

139) Fladt (Philipp. Wilhelm. Ludwig)

Chur = Pfälzischer Kirchen = und Ober = Appellations-Rath, wie auch Mitglied der Chur-Bayerischen und Chur-Pfälzischen Acabemie der Wissenschaften zu Heydelberg.

140) Francke (Henricus Gottlieb)

Phil. & I. U. Doctor, Comes Palat. Caesar. und Professor Iuris Publici, Moralium & Politices Publicus Ordinarius auf der Universität Leipzig; Ist A. 1705. den 10 August zu Teichwitz bey Wenda gebohren, studirete seit 1724. zu Leipzig, ward allda A. 1717. Magister, A. 1731. Curator des rothen Collegii, A. 1732. Actuarius der Philosophischen Facultät, A. 1737. Advocatus, A. 1748. Professor Iuris Publici, und auch in selbigem Jahre I. U. Doctor, A. 1749. Comes Palat. Caesar. und A. 1762. über die bereits gehabte Profession, annoch Professor Moralium & Politices, auch Assessor der Philosophischen Facultät.

141) von Freiesleben (Io. Fridericus)
Edler Herr, und des H. R. Reichs Ritter.

ICtus, Gräfl. Reuß-Plauischer Gemeinschaftl. Cantzler und Consistorial-Præsident zu Gera, auch
Auf-

Aufſeher des baſigen Gymnasii; Gebohren zu
Glaucha, ſtudirete zu Leipzig, ward allda A. 1712.
Magiſter, A. 1718. zu Erfurt I. U. Doctor
1722. Gräfl. Reuß-Plauiſcher Hoff-und Conſi-
ſtorial-Rath, auch Profeſſor Iuris am Gymnaſio
zu Gera; A. 1740. Vice-Cantzler, und Vice-
Conſiſtorial-Præſident, ward auch vom Kahſer
Carolo VI. zum Edlen Herrn, und zum Ritter
des H. R. Reichs erhoben. A. 1750. den 19
Februar, Cantzler und Conſiſtorial Præſident.

142) Freuler (Franciſcus Gottlieb)

I. U. Doctor, und Privat-Docent zu Baſel.

143) Frick (Albert. Philippus)

I. U. Doctor, Profeſſor Iuris Ordinarius auf
der Univerſität Helmſtädt, und Aſſeſſor der Juriſten-Facultät; Iſt A. 1733. den 28 April zu
Eßlingen in Schwaben gebohren, ſtudirete ſeit
1751. zu Helmſtädt und Göttingen, ward A. 1756
zu Helmſtädt Adjunctus der Juriſten - Facultät,
und auch in ſelbigem Jahre I. U. Doctor, A.
1761. Profeſſor Iuris Extraordinarius, und Aſſeſſor Extraordinarius der Juriſten Facultät, und
A. 1763. Profeſſor Iuris Ordinarius, auch Aſſeſſor Ordinarius der Juriſten-Facultät.

S. *Gottfr. Lud. Menckenii Progr* De probatione
per duos teſtes in caſu L. ult. Cod. de fideicom-
miſſ. non admittenda. *Helmſt.* 1756.

144) Fri-

144) Friderici (Chriſtoph. Conrad. Wilhelm.)

I. U. Doctor, und Profeſſor Iuris Ordinarius auf der Univerſität zu Greifswald; Gebohren X. 1722. den 22 September zu Hildesheim, ſtudirete ſeit 1742. zu Helmſtädt, ſeit
1748. zu Jena, und ſeit 1752. zu Leipzig, wäh-
render Zeit er auch einen Hofmeiſter bey jungen
Herren abgegeben, ward 1754. zu Jena I. U.
Doctor, und hielt allda Academiſche Vorleſungen, gieng aber 1756. nach Leipzig, ward allda
1762 Profeſſor Iuris Extraordinarius, und 1764.
den 21 Junius zu Greifswald Profeſſor Iuris
Ordinarius.

S. 1) Ioh. Wilh. Dietmari Progr. De loco ho-
norarii Miniſtrorum in concurſu creditorum.
Iene 1754. 2) Petr. Ablwardſii Programma
Invitatorium. Gryphiswald. 1764. folio.

G.

145) Gadendam (Jo.Wilhelm.)

J. U. Doctor, und Groß-Fürſtl. Schleßwig-
Hollſteiniſcher wircklicher Juſtiz-Rath zu Kiel;
Gebohren zu Lauenburg, ſtudirete zu Kiel,
und ſchrieb ſich damahls nur Gaden, wie aus einer unter des ſeel. D. Joh. Zacharias Hart-
manns Vorſitze A. 1733. gehaltenen Streit-
Schrifft zu erſehen. Führete nachhero als Hofmeiſter einige junge Herren, ward 1742. Profeſſor Iuris am Gymnaſio zu Bareuth, 1743.

Marg-

Marggräfl. Bareuthischer Hoff-Rath, Vice-
Cantzler der neuen Universität Erlangen, und
Professor Iuris & Historiarum Ordinarius, und
war bey Einweyhung gedachter Universität den
2ten November 1743. der erste Doctor Iuris, so daselbst proclamiret wurde: Bekam aber
allda 1745. seine Entlassung, gieng wiederum
nach Kiel, ward allhier Advocatus Fisci,
und 1753. Professor Iuris Primarius, aber 1754.
dieses seines Amtes wiederum entlassen; Gerieth 1756. mit dem Herrn von Elendsheim
in Arrest und zur Inquisition; Ja, es ward ihm
1758. besage derer öffentlichen Nachrichten, so
gar das Leben abgesprochen, jedoch ward er zu
Anfange des Jahres 1763. seines Arrests wiederum entlassen, und zu Ende des Jahres 1764
völlig frey gesprochen, und zum Groß-Fürstlich-
Schleßwig - Hollsteinischen würcklichen Justiz-
Rath ernennet.

146) P. Gallade (Petrus)

é Soc. Iesu, S. S. Canonum Doctor, Comes
Palat. Cæsar. und Professor S. S. Canonum Ordinarius auf der Universität zu Heydelberg.

147) Gatzert (Christian. Hartmann. Samuel)

J. U. Doctor, und Professor Iuris Extraordinarius auf der Universität zu Göttingen; Gebohren A. 1740. den 4 Junius zu Meinin-
gen, studirete seit Ostern 1757. zu Göttingen,
wo er um Ostern 1760. eine Stelle im Semina-
rio

rio Philologica erhielt, ward A. 1764. daselbst
I. U. Doctor, und im October desselben Jahres Professor Iuris Extraordinarius.

S. Herrn HR. Pütters Versuch einer Acadmischen Gelehrten-Geschichte von der Universität Göttingen §. 95. S. 188.

148) Gaudio (Vincentius)

I. U. Doctor, und ehemahliger Professor Iuris auf der Universität zu Neapolis, verließ ohngefehr A. 1754. diese Lehr-Stelle, gieng nach Teutschland, und kam nach Göttingen, wo er Evangelisch wurde, und Unterricht in der Italiänischen Sprache gab, auch sich mit ein paar Streitschriften auf der Juristen-Catheder hören ließ; Mußte aber seiner Hitze und Streit-Suche wegen Göttingen quittiren, gieng ohngefehr A. 1757. nach Giesen, wo er aber das ähnliche Schicksal hatte. Endlich wendete er sich nach Holland, und zwar nach dem Haag, wo er sich nach jetzo befinden soll.

149) Gebauer (Georg. Christian.)

Philos. & I. U. Doctor, Königl. Groß-Britannischer und Chur-Braunschweig-Lüneburgischer Geheimbder Justiz-Rath, Professor Iuris Primarius, und Ordinarius der Juristen-Facultät zu Göttingen; Ist gebohren A. 1690. den 26 October zu Breßlau, studirete seit 1710. zu Leipzig, seit Ostern 1713. zu Altdorf, seit Michaelis 1714. zu Halle, und seit dem May 1715. wieder zu Leipzig. Ward allhier 1717.

E

Ma-

Magister, und bald darauf ein Mitglied des Collegii Anthologici, A 1721. Beysitzer der Philosophischen Facultät, 1723. zu Erfurth I. U. Doctor, 1727. zu Leipzig Professor Iuris Feudalis Ordinarius, 1730. Assessor des Ober-Hoff-Gerichts, 1734. im Monath October, Hoff-Rath, und Professor Iuris Primarius auf der neuen Universität Göttingen, 1747. Geheimbder-Justiz-Rath, und A. 1753. Ordinarius der Juristen-Facultät.

S. 1) Göttens Jetztlebendes Gelehrtes Europa Iſten Theil. S. 547-557. 2) Bruckeri Pinacotheca Virorum illuſtrium. Vol. I. Dec. 4. 2) *Theopl. Chriſt. Harleſſ* Vitæ Philologorum noſtra ætatis dariſſimorum. Vol. I. p. 47-73. 3) Herrn H.R. Pütters Verſuch einer Acad. Gelehrten Geſchichte. §. 67. S. 126-132.

150) Geiger (Christoph. Fridericus)

Hoch-Fürstl. Anhalt-Bernburgischer Hoff-Rath, und Professor Historiarum Ordinarius auf der Universität zu Marburg; Gebohren A. 1712. den 24 Märtz zu Nürnberg, studirte seit 1730 zu Altdorf, seit 1732. zu Jena, gab so dann einen Hofmeister ab, und gieng hierauf in fremde Länder auf Reisen, lebte so dann einige Jahre in Halle, kam 1741. an den Anhalt-Bernburgischen Hof, wo er Hof-Rath, und Director des ietzo regierenden Fürsten ward. A. 1746. ward er zu Leipzig Magister, und 1750. Professor Historiarum Ordinarius zu Marburg.

S. 153.

S. Nützliche Nachrichten von den Bemühungen derer Gelehrten in Leipzig, im Jahr 1746.
S. 122. u. f.

151) Geiger (Io. Burcardus)

I. U. Doctor, und Professor Iuris Ordinarius
auf der Universität zu **Erlangen**; Gebohren zu
Nü nberg, ward A. 1762. zu Erlangen I. U.
Doctor, A. 1763. Professor Iuris Extraordina-
rius, und A. 1764. den 20 März Professor
Iuris Ordinarius.

152) Gerhardi (Fridericus Gottfried)

I. U. Doctor, und Professor Institutionum Ordinarius auf der Universität zu **Erfurt**; Gebohren A. 1726. den 17. April. zu **Oberfelde** auf
dem Eichßfelde, studirete zu Maynz und Erfurt,
ward A. 1748. Advocatus des Baden-Badeni-
schen Ober-Amts Kirchberg, A. 1751. zu Erfurt I. U. Doctor, auch Professor Iuris Extraordinarius, und A. 1765. Professor Institutionum
Ordinarius.

S. Oßanns Erfordia litterata. des 3ten Bandes
2tes Stück. S. 112-113.

153) Gerstlacher (Carl Friedrich)

Herzogl. Würtembergischer ordentlicher Cantz-
ley-Advocat zu **Stutgard**.

154) Gottschaldt (Christian. Henricus)

Advocatus und Iuris Practicus zu **Schneeberg**
im Chur-Sächsischen Erz-Gebürge, und der

Christl.

Chriſtl. Liebe und Wiſſenſchaften Mitglied. Hat
ſich durch verſchiedene Schriften der gelehrten Welt
bekannt gemacht.

155) Græfe (Carl Rudolph,)

I. U. Doctor, Churfürſtl. Sächſiſcher · Hoff-
und Juſtitien = Rath, und Archivarius zu Dreßden; Iſt gebohren A. 1731. den 18. Junius
zu Taucha bey Leipzig, ſtudirete ſeit 1745. zu
Leipzig, ward allda A. 1755. I. U. Doctor, A.
1763. Profeſſor Juris Feudalis Ordinarius, und
A. 1764. Chur-Sächſiſcher Hoff- und Juſtitien-
Rath, auch zweyter Archivarius zu Dreßden; A.
1766. aber erſter Archivarius.

S. auch Wöchentliche Nachrichten von den Bemühungen derer Gelehrten, und andern Begebenheiten in
Leipzig, im Jahr 1755. S. 596. · 598.

156) Græven (Chriſtian. Fridericus)

I. U. Doctor, Königl. Preußiſcher Hoff-Rath,
und ehemahliger Profeſſor Iuris Ordinarius auf
der Univerſität zu Franckfurt an der Oder; Gebohren allda A. 1708. den 22. Februar, ſtudirete daſelbſt und zu Leipzig, ward A. 1729. zu
Franckfurt I. U. Doctor, A. 1730. Advocat bey
der Neu-Märckiſchen Regierung zu Cüſtrin; A.
1731. Königl. Preußiſcher Hoff-Rath, Hoff-Fiſcal
und Profeſſor Iuris Extraordinarius zu Franckfurt,
und A. 1737. Profeſſor Iuris Ordinarius, gab aber
um A. 1744. ſeine Profeßion auf, und lebte auf
dem Lande ohnfern Franckfurt bey ſeinem damahls
leben

lebenden Schwieger-Vater, dem Kriegs-Rath,
Horn.

S. Moſers Lexicon der jetztlebenden Rechts-Gelehr-
ten. S. 74. u. f.

157) Gralath (Daniel.)

J. U. Doctor, Profeſſor Iuris & Hiſtoriarum,
und Inſpector des Gymnaſii Academici zu Danzig; Er iſt des daſigen Burgermeiſters, Gra-
laths, Sohn, und daſelbſt A. 1739. gebohren,
ward A. 1763. zu Königsberg J. U. Doctor, und
A. 1764. Profeſſor und Inſpector an dem Gymnaſio zu Danzig.

158) le Grand (Lucas)

Phil. & J. U. Doctor, und privat-Docent zu
Baſel.

159) Gregorovius (Io. Adam)

Phil. & J. U. Doctor, Königl. Preußiſcher Criminal-Rath, Profeſſor Juris Extraordinarius zu
Königsberg, und Inſpector der Gröbenſchen
Stipendiaten; Gebohren A. 1723. den 24. April
zu Königsberg, ward allda A. 1744. den 1. September, bey der Academiſchen Jubel-Feyer, J. U.
Doctor, und auch Magiſter, nicht weniger in
ſelbigem Jahre Aſſeſſor des Hoff-Gerichts, A. 1745.
Profeſſor Iuris Extraordinarius, A. 1751. Inſpector der GröbenſchenStipendiaten, und A. 1752.
Criminal-Rath.

E 3   S. Ar-

S. Arnolds Geſchichte der Univerſität Königsberg IIter Theil. S. 280. und deſſelben Zuſätze. S. 300.

160) Grubner (Io. Chriſtian.)

Chur-Sächſiſcher Advocatus, und Iuris Practicus zu Zeitz; Iſt daſelbſt A. 1698. den 15. April
gebohren, ſtudirete ſeit 1716. zu Leipzig, ward
hierauf Auditeur, danckte aber ab, gieng A. 1725.
zum andernmahl nach Leipzig, ward im folgenden
Jahre Advocatus, und ließ ſich in Zeitz nieder.

161) Grupen (Chriſtian Ulricus)

ICtus, Königl. Groß Brittanniſcher und Chur-
Braunſchweig-lüneburgiſcher Conſiſtorial-Rath,
und Burgermeiſter zu Hannover. Von dieſem
groſſen ICto weiß man nur ſo viel, daß er in
Jena ſtudiret, und nach und nach zu ſeinen Ehren-Stellen gelanget.

162) Guadagni (Leopoldus Andreas)

ICtus, und Profeſſor Pandectarum Ordinarius
auf der Univerſität zu Piſa. Er iſt gebürtig von
Florenz.

163) von Günderrode (Io. Maximili-anus.)

Erb- und Gerichts-Herr zu Höchſt in der Wet-
terau, Fü.Stl. Heſſ'n Caſſeliſcher Geheimbder Regierungs Rath zu Hanau, und Ober-Amtmann
zu Gelnhauſen; Gebohren A. 1713. den 4. Februar, zu Franckfurt am Mayn, ſtudirete ſeit
1730. zu Halle, hielt ſich nachher einige Zeit zu
Wetz-

Weßlarauf, warb An. 1735. in der Heſſen-Darmſtä-
dtiſchen Regierung zu Gieſen Aſſeſſ. A. 1738. wirdc-
licher Regierungs-Rath, und nachhero auch Ober-
Amtmann zu Bingenheim; danckte A. 1748. ab,
gieng nach Franckfurt am Mann, wo er einige
Zeit privatiſirete, warb A. 1749. von der Mittel-
Rheiniſchen Ritterſchaft als ein Mitglied aufge-
nommen; Warb A. 1750. Regierungs- und Hoff-
Gerichts-Rath zu Hanau, wie auch Ober-Amtmann zu Gelnhauſen, und endlich Geheimer-Re-
gierungs-Rath. Hat im leßtern Kriege viel Widerwärtigkeiten von denen Franzoſen, und ſonſten
noch viel Ungemach ausſtehen müſſen.

164) Gutſchmidt (Chriſtian Gotthelf)

I. U. Doctor, Churfürſtl. Sächſiſcher Vice-Canz-
ler und Geheimber-Aſiſtenz-Rath zu Dreßden,
auch Bürger-Meiſter zu Leipzig; Iſt A. 1720.
den 12 Detember zu Rahren bey Cotbus in
der Nieder-lauſiß gebohren, ſtudirete ſeit 1740. zu
Halle, kam als Hofmeiſter A. 1748. nach Leipzig, ward allda A. 1750. I. U. Doctor, A. 1751.
Ober-Hoff-Gerichts- und Conſiſtorial-Advocatus,
A. 1756. Profeſſor Iuris Feudalis Ordinarius,
A. 1759. Chur-Sächſiſcher Hoff-Rath, Geheimb-
ber-Referendarius und Archivarius, A. 1763. führete er Chur-Sächſiſcher Seits die Feder bey
Schließung des Hubertsburger-Friedens, und ward
noch in ſelbigem Jahre Geheimber-Aſiſtenz-Rath,
und Burgermeiſter zu Leipzig. Er unterweiſet
auch Se. Churfürſtl. Durchl. zu Sachſen in denen
Staats-Wiſſenſchaften und in dem Teutſchen

Staats-

Staats-Recht. A. 1766. ward er, mit Beybehaltung des Geh. Assistenz-Raths, und eines Burgermeisters zu Leipzig, zum Vice-Cantzler ernennet, und legte das bisher ausgehabte Archivariat nieder.

S. auch Jo. God. *Bauer Progr.* De matrimonio Principis Imperii inaequali. *Lipsiae* 1750. Ad ejus *Disputationem Inauguralem.*

H.

165) Haas (Damian. Ferdinand.)

I. U. Licentiatus, Fürstl. Augspurgischer, auch einiger anderer Reichs-Stände Hoff-Rath, und Advocatus des Kayserl. Cammer-Gerichts zu Wetzlar; Gebohren zu Witlig im Trierischen, ward A. 1750. den 17 November zu Giesen J. U. Licentiatus, und A. 1755. den 21 Märtz Reichs-Cammer-Gerichts-Advocatus, auch nachher Fürstl. Augspurgischer, und anderer Reichs-Stände Hoff-Rath. Er lieset auch in Wetzlar Collegia.

166) Habernikkel (Eberhard.)

J. U. Doctor, und Privat-Docent zu Göttingen; Gebohren A. 1730. den 16 Februar in der Herrschaft Gimborn in Westphalen, studirete seit 1751 zu Halle, und seit 1752 zu Göttingen, wo er A. 1759. Jur. U. Doctor ward.

S. Herrn HR. Pütters Versuch einer Academischen Gelehrten-Geschichte von der Universität Göttingen. §. 105. S. 201.

167) Hack

167) Hack (Io. Georgius)

J. U. Doctor, Comes Palat. Cæfar. des Fürst-
Bischoffs zu Bamberg und Wirtzburg - würklicher Hoff-Rath, Professor Institutionum, & Iuris Naturæ Publicus Ordinarius auf der Universität Bamberg, und Assessor der Juristen Facultät.

168) von Hackemann (Io. Gottlieb)

J. U. Doctor, Professor Codicis Iustinianei
Ordinarius, auf der Universität zu Franckfurth an der Oder, und der Juristen-Facultät Senior; Gebohren A. 1714. im Monath
May zu Helmstädt, studirete zu Halle und
Helmstädt; ward allhier A. 1737. den 12 November, Professor Juris Extraordinarius, A. 1740
zu Halle Iur. U. Doctor, A. 1741. zu Franckfurt an der Oder Professor Institutionum Ordinarius, A. 1744. Professor Pandectarum, und
A. 1752. Professor Codicis, auch Senior der
Juristen-Facultät.

169) Hæberlin (Francifcus Dominicus)

Phil. & I. U. Doctor, Herzogl. Braunschweig-
lüneburgischer Hoff-Rath, Professor Juris Publici & Historiarum Publicus Ordinarius und Primarius auf der Universität Helmstädt, der Juristen-Facultät Senior, des Herzoglichen Con-
victorii Inspector, der Universität Bibliothecarius, und der Königl. Gesellschaft der Wissenschaften zu Göttingen auswärtiges Mitglied in

E 5 der

der Hiſtoriſchen Claſſe; Gebohren A. 1720. ben
31 Januar, zu **Grimmelfingen**, ohnfern
Ulm, ſtudirete ſeit 1739. zu Göttingen, ward
allda 1742. Magiſter, 1746. zu Helmſtädt Profeſſor Hiſtoriarum Extraordinarius, 1747. Profeſſor Hiſtoriarum Ordinarius, 1748. I. U. Doctor, 1751. Profeſſor Iuris Publici, und der
Juriſten-Facultät Aſſeſſor, 1754. Hof-Rath,
und 1763 Profeſſor Juris Primarius, und Seni-
or der Juriſten-Facultät.

170) Hahn (Io. Philippus)

J. U. Doctor, Comes Palat. Cæſar. Churfürſtl.
Maynziſcher, und Chur-Cöllniſcher Hoff-Rath,
Fürſtl. Salm-Kyrburgiſcher würcklicher Ge-
heimbber Rath, und Profeſſor Pandectarum Or-
dinarius auf der Univerſität zu **Maynz**. Iſt
gebohren A. 1690 zu **Bartlof** im Ertz-Stifft
Maynz, ſtudirete zu Maynz und Erfurt, ward
1717. zu Maynz Igr. U. Doctor, und auch im
ſelbigen Jahre Profeſſor Iuris Ordinarius, 1745.
Chur-Cöllniſcher Hoff-Rath, und 1747. Salm-
Kyrburgiſcher Geheimbber Rath, auch nachhero
Chur-Fürſtl. Maynziſcher Hoff-Rath.

S. Allerneuſte Nachrichten von Juriſtiſchen
Büchern ꝛc. VIIIter Band. S. 343-348.

171) Hainius (Io. Gottfried)

Chur-Fürſtl. Sächſ. General-Accis-Inſpe-
ctor, und Advocatus Immatriculatus zu Kö-
nigſtein an der Elbe.

172) Han-

172) Hanſelmann (Chriſtian. Ernſt)

ICtus; Hoch-Fürſtl. und Hoch-Gräfl. Hohen=
loiſcher Gemeinſchaftlicher Hoff- und Lehn-Rath,
auch Archivarius zu O hringen.

173) Harprecht (Chriſtoph. Fridericus)

I. U. Doctor, Herzogl. Würtembergiſcher Rath,
und Profeſſor Iuris Canonici et Civilis Ordinari=
us auf der Univerſität zu Tübingen; Iſt da=
ſelbſt A. 1700. den 22 September gebohren,
ſtudirete auch daſelbſt, reiſete 1721. mit dem
Würtembergiſchen Geſandten, als Secretär, nach
Engelland, ward 1722. Hoff-Gerichts-Advocat
zu Tübingen, that 1724 eine gelehrte Reiſe nach
Wetzlar, Marburg, Wien und Straßburg, ward
1727. zu Tübingen I. U. Licentiatus und auch
in ſelbigem Jahre der erſte Profeſſor Extraordi=
narius des Würtembergiſchen Rechts, 1729. Wür=
tembergiſcher Rath, A. 1730, Profeſſor Iuris
& Hiſtoriarum Ordinarius bey dem Fürſtl. Colle=
gio zu Tübingen, und 1731. Profeſſor Iuris Ca=
nonici & Civilis Ordinarius bey der Univer=
ſität

174) Frey-Herr von Harprecht (Io. Heinrich.)

ICtus, und Beyſitzer E. Höchſtpreißl. Kayſerl.
und des heil. Römiſchen-Reichs-Kammer-Ge=
richts zu Wetzlar. War vorhero Würtember=
giſcher Regierungs-Rath zu Stuttgard, und
Cantzley-Director zu Neuenſtatt. Ward vom
Schwä=

Schwäbischen Creyße zum Reichs Cammer-Gerichts Aſſſor præſentirt, und legte A. 1745. den 5 April die Pflicht ab, worauf er auch in des Heil. Römiſchen Reichs Frey-Herrn-Stand erhoben worden.

175) von Haven (Niels)

Artium Magiſter, und ordentlicher Lehrer der Rechte an dem Gymnaſio zu Odenſee.

176) Haus (Franciſc. Melch. Anton.)

Phil. & J. U. Doctor, Hochfürſtl. Bamberg-und Würtzburgiſcher würcklicher Hoff-und Regierungs-Rath, und Profeſſor Juris Feudalis & Juris Criminalis Publicus Ordinarius auf der Univerſitæt zu Würtzburg. Ward zu Würtzburg Magiſter, A. 1738. J. U. Licentiatus, und A. 1749, Hoff-Rath, Profeſſor Juris Ordinarius, und auch J. U. Doctor.

177) Hauſchild (Io. Leonhard.)

I. U. Doctor, Fürſtl. Sächſ. Weymariſcher, auch Fürſtl. Brandenburg-Culmbachiſcher reſp. Rath und Hoff-Rath, und Burger-Meiſter zu Dreßden; Gebürtig von Bornhayn in Meiſſen, ward A. 1726. zu Erfurt I. U. Doctor, nachhero Rath und Hoff Rath, auch Stadtrichter welcher aber Burger-Meiſter zu Dreßden.

178) Hausfriz (Georg. Laurentius)

I. U. Licentiatus, und Secretarius des Raths zu Nürnberg; Gebürtig von Nürnberg, ſtudirete

rete zu Altdorf, ward nachher Secretarius bey dem
Rath zu Nürnberg, und A. 1749. ju Altdorf I. U.
Licentiatus.

179) Haustwald (Io. Fridericus)

Churfürstl. Sächsischer Legations-Rath zu
Dreßden, und Mitglied der Jenaischen lateini-
schen Gesellschafft; Gebürtig von Torgau, studi-
rete zu Leipzig, warb nachhero am Dreßdner Hofe
Legations Rath, und A. 1752. ein Mitglied der
Jenaischen lateinischen Gesellschafft.

180) Heimburg (Io. Caspar.)

I. U. Doctor, Herzogl. Sachsen-Gothaischer
und Altenburgischer Geheimbder-Hoff-Rath, erster Beysitzer des Hoff-Gerichts, Præses Ordinarius des Schöppen-Stuhls, und der Juristen-Facultät, wie auch Professor Iuris Canonici auf der Universität Jena; Ist gebohren A. 1702. den 14.
September zu Gotha, studirete seit 1719. zu Jena, ward allda A. 1729. I. U. Doctor, A. 1730,
Professor Iuris Extraordinarius, A. 1733. Advocatus im Hoff Gerichte, A. 1734. Professor Iuris
Ordinarius, Assessor im Hoff Gericht, im Schöppen-Stuhl, und in der Juristen-Facultät, A.
1736. Professor Pandectarum, A. 1742. Professor Codicis & Novellarum, A. 1744. Hoff-Rath,
A. 1746. Præses Ordinarius des Schöppen-
Stuhls, und der Juristen-Facultät, nach Professor Iuris Canonici, und A. 1759. Geheimbder
Hoff-Rath.

181) Hei-

181) Heineccius (Io. Christian. Gottl.)

ICtus, und Königl. Preußischer Hoff-Rath,
wie auch Professor Iuris primarius an der Ritter-
Academie zu **Liegnitz**; Gebohren A. 1717. zu
Halle, studirete zu Franckfurt und Halle, und
ward A. 1743. Hoff-Rath und Professor Iuris
an der Ritter-Academie zu Liegnitz.

182) Heinke (Francisc. Joseph.)

I. U. Doctor, Ihro Kayserl. Königl. Apostol.
Majest. würcklicher Appellations Rath, Teutscher
Lehns-Referendarius, Praeses und Director der
Juristischen Facultät auf der Universität zu **Prag**.

183) Heisler (Philipp. Iacobus)

I. U. Doctor, Professor Iuris Ordinarius, und
Assessor der Juristen-Facultät zu **Halle**; Gebohren A. 1718. den 3. December, in einem kleinen
ohnweit Lindau im Boden-See gelegenen Orte,
Nahmens Stiefenhoven, Oesterreichischer Ho-
heit, in der Papistischen Religion, studirete zu
Augspurg bey denen Jesuiten die Scholastische
Philosophie, Theologie und das Päbstliche Recht,
wendete sich aus wahrer Ueberzeugung A. 1741.
zur Evangelisch-Lutherischen Religion, und kam
in selbigem Jahre nach Halle, studirete allhier die
Philosophie und Rechtsgelehrsamkeit, und ward
A. 1750. I. U. Doctor, A. 1752. Professor Iuris
Extraordinarius, und A. 1754. Professor Iuris
Ordinarius, auch Assessor der Juristen-Facultät.

184) Helfferich (Io. Fridericus)

I. U. Doctor, und Professor Iuris Ordinarius im Collegio illustri zu Tübingen; Gebohren daselbst, ward auch allda A. 1745. I. U. Licentiatus und A. 1747. I. U. Doctor, auch Professor Iuris Ordinarius am dasigen Collegio Illustri.

185) Hellbach (Io. Christian. Theodor.)

ICtus, Herzogl. Braunschweig-Lüneburgischer, wie auch Fürstl. Schwartzburg-Arnstädtischer Hoff-Rath zu Arnstadt; Ist gebürtig von Arnstadt, hat in Jena studiret, ward nachhero Advocat bey der Schwartzburgischen Regierung zu Arnstadt, und endlich Fürstl. Schwartzburg-Arnstädtischer, wie auch Herzogl. Braunschweig-Lüneburgischer Hoff-Rath.

186) Hellfeldt (Io. August.)

J. U. Doctor, Herzogl. Sachsen-Gothaischer und Altenburgischer Hoff-Rath, Professor Codicis & Novellarum Publicus Ordinarius, Assessor des Hoff-Gerichts, und Senior des Schöppen-Stuhls, wie auch der Juristen-Facultät zu Jena; Ist A. 1717. den 9. Februar, zu Gotha gebohren, studirete seit 1734. zu Jena, ward allda A. 1739. J. U. Doctor, A. 1745. Advocat im Hoff-Gerichte, A. 1748. Professor Iuris Ordinarius, und Assessor des Schöppen-Stuhls, A. 1749. Assessor Supernumerarius im Hoff-Gerichte, A. 1753. Professor Institutionum Ordinarius, auch Assessor Ordinarius im Hoff-Gerichte, und in dem
Juri-

Juristen-Facultät, A. 1755. Hoff-Rath, und Prof. ssor Pandectarum, A. 1756. Senior des Schöppen-Stuhls, A. 1759. Professor Codicis & Novellarum, und zu Ende des Jahres 1763. Senior der Juristen-Facultät.

187) Henne (Rudolph Christoph.)

Phil. & J. U. Doctor, derer Chur-Fürstl. Männtzischen Stadt-Gerichte, und der Juristen-Facultät Assessor, wie auch Professor Codicis & Juris Feudalis Publ. Ordinarius auf der Universität zu Erfurt; Ist A. 1712. den 23 Februar, zu Walschleben, ohnfern Erfurt gebohren, studirete zu Erfurt, und ward allda A. 1733. Magister, A. 1734. J. U. Doctor, A. 1736. Professor Iuris Extraordinarius, A. 1745. Professor Institutionum Ordinarius, A. 1752. Assessor der Juristen-Facultät, auch derer Stadt-Gerichten, A. 1753. Professor Iuris Publici, A. 1759. Professor Pandectarum, und 1765. Professor Codicis & Iuris Feudalis.

188) Hennemann (Francisc. Christian.)

J. U. Doctor, Comes Palatinus Cæsar. Pro-Cancellarius der Universität Heydelberg, Chur-Pfältzischer Regierungs- und Ober-Appellations-Gerichts-Rath, und Professor Codicis & Iuris Publici Ordinarius.

189) von Hertling (Jo. Philipp.)

Professor Iuris Naturæ & Gentium Ordinarius auf der Universität zu Heydelberg, Canonicus

nicus bey dem Ritter-Stifft zu Wimpffen, Bibliothecarius der Univerſität, und Chur-Pfälziſcher Geiſtlicher Adminiſtrations Rath.

190) Edler Herr von Herttenſtein (Ludwig Bartholom.)

ICtus, und Reichs-Stadt Augſpurgiſcher Raths-Conſulent. Er war vorher Reichs-Stadt Ulmiſcher Raths-Conſulent.

191) Hiller (Chriſtian. Fridericus)

I. U. Doct. Herzogl. Würtembergiſcher Rath, und Hoff-Gerichts Beyſißer zu Tübingen; Gebohren A. 1696. den 30 October zu Kirchheim, ſtudirete zu Tübingen, ward allda A. 1717. I. U. Licentiatus, A 1719. I. U. Doctor, und Proffor Iuris Extr ordinarius, und nachhero Herzogl. Würtembergiſcher Rath, und Hof-Gerichts-Beyſißer zu Tübingen.

192) Hinüber (Georg. Heinrich)

I. U Doctor bullatus zu Hildesheim, und Advocatus immatriculatus bey dem Königl. Churfürſtl. Ober-Appellations-Gerichte zu Zelle; Gebohren zu Eimbeck, ſtudirete ſeit 1738. zu Göttingen, wendete ſich nachher nach Hildesheim, und hielt jungen Leuten Vorleſungen, ward A. 1752. Advocat bey denn Ober-Appellations-Gericht zu Zelle, und A. 1762. I. U. Doctor bullatus.

193) Hirſch (Jo. Chriſtoph.)

Hoch = Fürſtl. Brandenburg = Onolßbachiſcher Hoff = Cammer = und Landſchaffts = Rath zu An= ſpach.

194) Hœfler (Jo. Jacobus)

Phil. & I. U. Doctor, Prof. ſſor Iuris Ordinarius, und Aſſeſſor der Juriſten = Facultät zu
Helmſtädt; Gebohren A. 1714. den 22 Februar,
zu Beßenſtein im Nürnbergiſchen, ſtudirete zu
Altdorf und Leipzig, ward A 1740. zu Leipzig
Magiſter, und A. 1742. zu Altdorf I. U. Doctor, führete nachher als Hofmeiſter verſchieb=ne
junge Herren, und ward A. 1758. Prof. ſſor
Iuris Ordinarius, und Aſſeſſor der Juriſten = Fa=
cultät zu Helmſtädt.

195) Hœrſchelmann (Friedrich Lud- wig Anton.)

Herzogl. Sachſen = Weymariſch = und Eiſenachi=
ſcher Ober = Vormundſchafftlicher Commiſſions-
Secretarius, wie auch Hoch = Fürſtl. Schwartz=
burg = Sondershäuſiſcher Amts = Advocatus zu
Sondershauſen. Er iſt gebürtig von Eiſe=
nach. Hat ſich durch verſchiedene Schriften
der gelehrten Welt gezeiget.

196) Hoffer (Jo. Bernhard.)

I. U. Doctor, Profeſſor Iuris Publici &
Feudalis, wie auch Iuris Naturæ & Gentium
Publicus Ordinarius, und Aſſeſſor der Juriſten=
Facul=

Facultät ju Altdorf; Iſt gebohren ju Nürn-
berg, ſtubirete ju Altdorf, warb daſelbſt A. 1757.
I. U. Doctor, 1759. Profeſſor Iuris Extraor-
dinarius, wie auch Aſſeſſor Extraordinarius der
Juriſten-Facultät, und 1762. Profeſſor Iuris
Publici & Feudalis, wie auch Iuris Naturæ
& Gentium Publicus Ordinarius, und Aſſeſſor
Ordinarius der Juriſten-Facultät.

197) Hoffmann (Gottfried Auguſt.)

I. U. Licentiatus, und Advocatus ju Noſ-
ſen in Meißen; Gebohren A. 1700. ju Leiß-
nig, ſtubirete ju Leipzig, und hat von 1722. an
als Advocatus in Leipzig, Dreßden und Noßen
practiciret. 1734. warb er ju Halle I. U. Licentiatus.

198) Hoffmann (Gottfried Daniel)

Phil. & I. U. Doctor, Comes Palat. Cæſar.
Herzogl. Würtembergiſcher Rath, Profeſſor Iuris Publici & Feudalis Publicus Ordinarius auf
der Univerſität ju Tübingen, derer beyden ju
Jena und Leipzig blühenden lateiniſch und Teutſchen gelehrten Geſellſchafften, wie auch der Leipziger und Duisburger gelehrten Geſellſchafften,
der freyen und ſchönen Künſte Ehren-Mitglied,
und der Tübingiſchen Marianer-Ficklerianer und
Fabrianer-Stifftungen Adminiſtrator; Iſt gebohs
ren A. 1719. den 19 Februar ju Tübingen,
ſtubirete ſeit 1732 daſelbſt, allwo er auch 1739.
Hoff-Gerichts-Advocatus, und 1740. I. U. Licentiatus warb, nahm hierauf eine gelehrte Reiſe

se vor, und hielt sich eine Zeitlang zu Wetzlar
und Giesen auf, ward 1741. zu Tübingen Professor Iuris Extraordinarius, 1743. Professor
Iuris Ordinarius im Collegio Illustri zu Tübingen, 1747. Professor Iuris Ordinarius bey der
Universität, I. U. Doctor, Assessor der Juristen
Facultät, und Würtembergischer Rath, 1750.
Professor des Staats-und Lehn-Rechts, 1751.
Comes Palat. Cæsar. und auch Magister, und in
dem folgenden Jahre ward er von verschiednen gelehrten Gesellschafften als ein Ehren-Mitglied auf-
genommen.

199) Hoffmann (Joh. Andreas)

I. U. Doctor, Professor Iuris Ordinarius, und
Assessor der Juristen-Facultät zu Marburg;
Ist. A. 1719. den 29 August zu Tambach im
Herzogthum Gotha gebohren, studirete seit 1737.
zu Jena, ward allda A. 1747. I. U. Doctor,
worauf er Academische Vorlesungen anstellete.
A. 1754. ward er zu Marburg Professor Iuris
Ordinarius, und Assessor der Juristen-Facultät.

200) Hoffmann (Jo. Tobias)

I. U. Doctor, Vice-Cantzler der Regierung,
und Vice-Präsident des Consistorii zu Altenburg; Gebohren A. 1693. den 13 Junius zu
Gotha, studirete seit 1710. zu Jena, ward allda 1719. I. U. Licentiatus, 1720. I. U. Doctor, 1727. Professor Iuris Extraordinarius,
1728. Gothaischer Rath, 1730. Hoff-Regie-
rungs- und Consistorial-Rath zu Altenburg, und
nach-

nachher Vice Cantzler der Regierung, und Vice-
Präsident im Consistorio.

201) Holderrieder (Jo. Laurent.)

I. U. Doctor, Fürstl. Weißenfelsischer Hof-
und Consistorial-Rath, und Ober-Burgermeister
zu Naumburg; Gebohren A. 1715. den 9.
Julius zu Weißenfelß, studirete seit 1731. zu
Leipzig, ward allda 1736. I. U. Doctor, 1742.
Hoff-Rath zu Weißenfelß, 1745. Consistorial-
Rath, und 1753. Ober = Burgermeister zu
Naumburg.

202) Holland (Christian. Fridericus)

I. U. Licentiatus, und Syndicus, oder, Consulent der Freyen-Reichs-Stadt Heilbrunn;
Gebohren zu Tübingen, ward A. 1729. zu Basel I. U. Licentiatus, und nachhero Syndicus der
Freyen-Reichs-Stadt Heilbrunn.

203) Hombergk zu Vach (Aemilius Ludovicus)

I. U. Doctor, Fürstl. Heßischer Gesammt-
Hof-Gerichts-Rath, Professor Iuris Ordinarius,
und Assessor der Juristen-Facultät zu Marburg;
Ist A. 1720. den 15 Märtz zu Marburg gebohren, studirete allda, fieng 1742. an, Academische Vorlesungen zu halten, ward daselbst
1743. I. U. Doctor, Professor Iuris Ordinarius,
und Assessor der Juristen-Facultät, und 1749.
Fürstl. Heßischer Gesammt-Hoff-Gerichts-
Rath.

               204)

204) Hommel (Benjamin Gottfried)

I. U. Doctor, und Professor Publicus der Juristischen Praxis, der Leconomie-Policey- und Cameral-Wissenschaften zu Erfurt, und der Chur-Fürstl. Maynßischen Gesellschafft nützlicher Wissenschaften ausserordentlicher Beysißer; Ist gebürtig von Erfurt, und hat in Leipzig studiret. Ward 1734 I. U. Doctor zu Erfurt, und 1755. Professer.

205) Hommel (Carolus Ferdinandus)

Phil. & I. U. Doctor, Churfürstl. Sächsischer Hoff- und Justitien-Rath, der hohen Stiffts-Kirche zu Merseburg Capitularis, des Ober-Hoff-Gerichts zu Leipzig Assessor Primarius auf der gelehrten Banck, Professor Decretalium, Ordinarius der Juristen-Facultät, und beständiger Decanus, der Academie Leipzig Consiliarius und Decemvir. Ist zu Leipzig A. 1722. den 6 Januar gebohren, studirete zu Leipzig und Halle, ward zu Leipzig 1744. Magister, I. U. Doctor, und auch Ober-Hoff-Gerichts-Advocatus, 1750. Professor Iuris Extraordinarius, 1752. Professor Iuris Feudalis Ordinarius, 1753. Assessor im Ober-Hoff-Gerichte, 1756. Professor Institutionum Ordinarius, und Assessor in der Juristen-Facultät, und 1763. Chur-Sächsischer Hoff- und Justitien-Rath, Canonicus zu Merseburg, Assessor primarius im Ober-Hoff-Gerichte auf der gelehrten Banck, Professor Decretalium, Ordinarius der Juristen-Facultät, und Decanus perpetuus, der Academie zu Leipzig Consiliarius und Decemvir.

206)

206) Horix (Johann.)

I. U. Doctor, Churfürstl. Mayntzischer Hoff-
Gerichts-Rath, Professor Iuris Extraordinarius,
Assessor der Juristen-Facultät, und Cammer-
Amts-und Stadt-Gerichts-Beysitzer zu Maynz;
Ist zu Maynz gebohren, ward allda 1752. I. U.
Doctor, und 1757. Hoff-Gerichts-Rath, Profes-
sor Iuris Extraordinarius, Assessor der Juristen-
Facultät, und Cammer-Amts- und Stadt-Ge-
richts-Rath.

207) Houck (Fridericus Gottfried)

Iuris U. Doctor, und Professor Iuris Civilis Ordinarius zu Utrecht; Gebohren A. 1708.
den 19 August zu Burgsteinfurth, studirete
seit 1726. zu Gröningen und zu Utrecht, allwo
er 1734. I. U. Doctor wurde. A. 1738. ward
er Professor Iuris an dem Gymnasio zu Deventer, und 1746. Professor Iuris Civilis zu Ut-
trecht.

208) Hübler (Fridericus Balthasar)

Phil. & I. U. Doctor, und Advocatus zu
Leipzig; Gebohren A. 1705. zu Chemnitz,
studirete seit 1723. zu Leipzig, ward allda 1726
Magister, und 1729. zu Helmstädt I. U. Do-
ctor, ward nachher Advocatus, und hielt auch
Juristische Vorlesungen.

209) Hübner (Martinus)

Professor Iuris & Historiarum Ordinarius
auf der Universität zu Koppenhagen, und

§ 4   Mit-

Mitglied der Königlichen Academien der Wissenschafften zu London und zu Paris; Ward A. 1752. Profeſſor Hiſtoriarum & Eloquentiæ, 1763. aber Profeſſor Iuris & Hiſtoriarum.

210) Hunold (Joh. Joachimus)

I. U. Dctor S. S. Canonum, Publicus Ordinarius auf der Univerſität zu Erfurt, und der dasigen Collegiat Kirche zu S. Severus Canonicus.; Iſt A. 1706. den 20 Märtz zu Birckunsgen auf dem Eichsfelde gebohren, ſtudirete zu Prag und Ingolſtadt, ward 1736. zu Erfurt I. U. Licentiatus, 1741. Parochus der Kirche S. Nicolai daſelbſt, 1746. Canonicus der Collegiat- Kirche zu S Severus und Profeſſor S. S. Caronum, 1747. aber I. U Dn. or.

   S. Sinnholds Erfordia litterata. Des zten Bans des lſtes Stück S. 113 — 115.

I.

211) Iacquet

Parlaments-Advocat zu Auxerre.

212) Iaime (Felix Iohann)

I. U. Docior, und Profeſſor Iuris auf der Academie zu *Turin.*

213) de Ianuário (Ioseph Aurelius)

ICtus, Königlicher Rath, und Profeſſor Iuris Feudalis Ordinarius auf der Academie zu *Neapolis;*

                            Gebohr-

Gebohren A. 1701. zu *Neapolis* studirete in seiner Vater-Stadt, ward daselbst 1737. Richter des Tribunals der magnæ Victorie, nachher Königl. Rath, und 1754. Prof. Iuris Feudalis Ordinarius zu Neapolis.

214) Iargow (Christoph Georg.)

ICtus, und Herzogl. Mecklenburgischer Hoff-Rath zu Strelitz; Ist von Geburth ein Mecklenburger, studirete zu Rostock und Helmstädt, ward A. 1722. Herzogl. Hollsteinischer Rath, und nachgehends Herzogl. Mecklenburgischer Hoff-Rath zu Strelitz.

215) Frey-Herr von Ickstatt (Ioh. Adam.)

ICtus, weyl. Kayserl. Majestät, Carls des VII. würcklicher Reichs Hoff-Rath, Churfürstl. Bayerischer würcklicher Geheimbder-Rath, Vice-Präsident des Fürstl. Raths-Collegii zu Ingolstadt, Verweser des gefreyten und unmittelbahren Kayserl. Land-Gerichts zu Hirschberg, Director der Universität Ingolstadt, und ordentlicher Lehrer des Natur-Völcker-und Staats-Rechts, wie auch der Oeconomie-Policey-und Cameral-Wissenschaffen; Ist gebohren A. 1702. den 6. Januar zu Vockenhaussen, einem Dorffe bey Epstein im Ertz-Bißthum Mayntz, studirete seit 1715. zu Paris, nahm A. 1719. Frantzösische, und nachher Kayserl. Kriegs-Dienste an, quittirete aber A. 1721. dieselben, gieng nach Engelland, und lehrete und lernete zu London und Bristol, reisete A. 1724 durch

F 5 Schott-

Schottland und Irrland, gieng hierauf zurück nach
Teutschland, studirete zu Marburg, und ward allda
A. 1727. Magister, A. 1730. zu Maynß l U. Do-
ctor, A. 1731. Professor Iuris Ordinarius zu
Würtzburg, und Fürstl. Bischöffl. Bamberg - und
Würtzburgischer Hoff - Rath, A. 1743. würcklicher
Kayserl. Reichs - Höff. Rath, A. 1745. Reichs - Vi-
cariats - Hoff Gerichts - Beysitzer zu München, und
in selbigem Jahre Geheimbder - Rath und Vice-
Cantzler des Revisions - Raths, und A. 1746. Di-
rector der Universität Ingolstadt, Professor des
Natur - Völcker - und Staats - Rechts, wie auch der
Oeconomie - Policey - und Cameral - Wissenschaften
und nicht lange hernach Verweser des gefreyeten und
unmittelbaren Kayserl. Land - Gerichts zu Hirschberg.

216) von Ickstatt (Petrus)

I. U. Doctor Chur - Fürst. Bayerischer Hoff-
Rath und Professor Iuris auf der Universität zu
Ingolstadt. Er ist ein Vetter des Herrn Geheimbden - Raths von Ickstatt, hat in Jena und Ingolstadt studiret, und ward auf letzterer Universität
gegen Ende des Jahres 1764. I. U. Doctor, und
bald darauf Prof. ssor Iuris, A. 1765. aber Churfürstl. Bayerischer Hoffrath.

217) Ienner (Robertus)

I. U. Doctor, und Pr f. ssor Regius des Bürgerlichen Rechts auf der Universität zu Oxford.

218) Iester (Sigismund. Christoph.)

I. U. Doctor, Königl. Preußischer Hoff - und
Criminal - Rath, und Professor Iuris Ordinarius.

auf

auf der Universität zu **Königsberg**; Ist daselbst A. 1715. den 9 Januar gebohren, hat auch allda studiret, ward 1734. Candidatus Iuris, und Hoff-Gerichts-Advocatus; 1736. I. U. Doctor, 1739. Professor Iuris Extraordinarius, und Hoff-Hals-Gerichts-Beysitzer, 1745. Hoff-Rath, 1752. Professor Ordinarius quartus, und Criminal-Rath, und 1764 Professor Ordinarius tertius.

> S. **Arnoldts** Historie von der Universität Königsberg. IIten Theil. S. 279. und desselben Zusätze. S. 52.

219) Ihringk (Diedericus Christoph.)

I. U. Doctor, und Cantzley-Rath zu **Rinteln**; Gebohren zu **Marburg**, ward allda A. 1746. I. U. Licentiatus, 1748. I. U. Doctor, und Professor Iuris Extraordinarius, 1749. zweyter Professor Iuris zu **Herborn**, und 1752. Cantzley-Rath zu Rinteln.

220) Ioachim (Io. Fridericus)

I. U. Doctor, und Professor Historiarum Ordinarius, auf der Universität **Halle**; Gebohren zu **Halle**. A. 1713. den 23 Junius, studirete daselbst, ward allda 1738. I. U. Doctor, 1748. den 17 April, Professor Iuris & Historiarum Extraordinarius, und 1762. den 24 April Professor Historiarum Ordinarius.

221) Iœcher (Gottfried Leonhard.)

I. U. Doctor, und Assessor des Schöppen-Stuhls zu **Leipzig**; Gebohren daselbst A. 1701.
den

den 14 October, ſtudirete allda ſeit 1718. warb
1721. Notarius, 1722. Advocatus, 1731. ju
Leipzig I. U. Doctor, und 1735. Aſſeſſor im
Schöppen-Stuhle.

> S. *C. O. Rechenbergii Progr.* An Cambium in Sa-
> xonia poſt quadriennium penitus extinguatur,
> & á natura ſua recedat? *Lipſiæ* 1731 Ad ejus
> *Diſputationem Inauguralem.*

222) Iordens (Georg)

I. U. Doctor, und Profeſſor Juris an dem Academiſchen Gymnaſio zu Deventer, ſeit A. 1746.

223) Iſelin (Io. Rudolph.)

I. U. Doctor, Profeſſor Inſtitutionum und Juris Publici Ordinarius auf der Univerſität zu Baſel, Baaden-Durlachiſcher Hoff Rath, und Mitglied der Academie der Wiſſenſchaften zu Berlin.
Iſt gebürtig von Baſel, warb allda A. 1730 I. U.
Doctor, und A. 1757. Profeſſor Inſtitutionum
Ordinar.

224) Iugler (Jo. Fridericus)

Art. Magiſter, Königl. Groß-Britanniſcher
und Chur-Braunſchweig-Lüneburgiſcher Rath,
Inſpector der Ritter-Academie zu **Lüneburg**,
und Mitglied der Lateiniſchen Geſellſchaft zu Jena;
Iſt A. 1714. den 17 Julius, zu Werte-
burg bey Naumburg gebohren, ſtudirete ſeit 1734.
zu Leipzig, warb allda 1741. Magiſter, hielt ſich
eine Zeitlang zu Hamburg als Hofmeiſter auf,
warb 1744 Profeſſor der ſchönen Künſte und Wiſſenſchaften am Gymnaſio Illuſtri zu **Weiſſenfelß**,
A. 1745. Aſſeſſor bey der daſigen damahligen

gen Fürſtl. Regierung, und 1746. Rath und
Inſpector der Ritter-Academie zu Lüneburg.

225) Iung (Jo. Henricus)

I. U. Doctor, Königl. Groß-Britanniſcher, und
Chur-Braunſchweig-Lüneburgiſcher Hoff-Rath
und Königl. Bibliothecarius zu Hannover, auch
des Durchlauchtigſt. n Geſammt-Hauſes Braunſchweig-Lüneburg Hiſtoriographus; Iſt gebohren zu Oßnabrügg, ſtudirete zu Jena und Leyden, kam 1740. nach Göttingen, war daſelbſt
in denen Jahren 1746 und 1747. Univerſitäts-
Secretarius, kam gegen Ende des Jahres 1747.
zu dem damahligen Prinzen von *Wallis* nach Engelland, wo er eine anſehnliche Ehren-Stelle zu bekei-
den überkam, welche dem Vernehmen nach darin-
nen beſtanden, daß er den ießigen König von Engelland in denen Wiſſenſchaften unterrichtet. Nach
dem unverhoften Ableben beſagten Prinßens von
Wallis kam Herr Iung nach Holland, und ward
Profeſſor Iuris & Hiſtoriarum an dem Gymnaſio zu Rotterdam, wiewohl auch einige vorge-
ben, daß er allda des berühmten Herrn Syndici, Meermanns, Bibliothecarius geweſen. A 1759.
ken 7 Februar ward er von der Juriſten-Facultät
zu Göttingen abweſend durch ein Diploma zum
Doctor Iuris ernennet; Und 1762. ward er an
des berühmten Hoff-Rath, Scheidts, Stelle,
Hoff-Rath und Königl. Bibliothecarius zu Hannover, und des Durchlauchtigſten Geſammt-Hauſes Braunſchweig-Lüneburg Hiſtoriographus.

S. auch

S. auch Herrn Hoff-Rath, Pütters, Versuch einer Academischen Gelehrten Geschichte von der Universität Göttingen. §. 59. S. 106. u. f.

226) Iunius (Fridericus Augustus)

Phil. & I. U. Doctor, und Advocatus im Ober-Hoff-Gericht, und im Consistorio zu Leipzig; Ist A. 1718. zu Leipzig gebohren, studirete allda seit 1736. ward auch daselbst 1741. Magister, 1746. I. U. Doctor, und nachher Advocatus im Ober-Hoff-Gericht, und im Consistorio.

227) von Iusti (Io. Henricus Gottlob)

Königl. Groß-Britannischer, und Chur-Braunschweig-lüneburgischer Berg-Rath, und ehemahliger Ober-Policey-Commissarius zu Göttingen, anietzo wohnhaft in Berlin; Ist zu Brücken in Thüringen gebohren, ward in seinen Jugend-Jahren ein Soldat, und dienete unter dem Chur-Sächsischen Regiment, Prinz Xavier, und zwar unter dem Obrist-Lieutenant, von Gersdorf, so am 4ten Iunius 1745. in der Schlacht bey Striegau blieb; der Hr. von Iusti bekam aber 1741 seinen Abschied, und studirete bis 1744. zu Wittenberg, ward in selbigem Jahre Advocatus, und ließ sich zu Sangerhausen nieder; Hierauf ward er 1746. bey des letztern Herzogs zu Eisenach nachgelassenen Wittben, so eine Prinzeßin aus dem Marggräfl. Brandenburgischen Hause war, und zu Sangerhausen lebte, Wittbums-Rath; Ward hierauf 1750. an dem neu gestifteten Collegio Theresiano zu Wien Professor der Teutschen Sprache, und bekennte sich in der Mitte des Septembers desselben

ben

ben Jahres zur Catholischen Religion; Bekam
aber allda 1751. wiederum seinen Abschied, und
begab sich nach Leipzig, wo er sich wiederum zur
Evangelischen Kirche wendete, und allda bis 1755.
lebete. Kam 1755. nach Göttingen als Berg=
Rath, und Ober = Policey=Commißarius, nebst
der Conceßion, Collegia zu lesen; Gieng aber
allda 1757. wieder weg, wendete sich nach Altona,
und hierauf nach Berlin, wo er noch lebet, und
nunmehro Königl. Preußischer Berg=Rath ist.

K.

228) Kahle (Ludovicus Martinus)

Phil. & I. U. Doctor, Königl. Preußischer
Geheimbder = Finanz=Krieges = und Domainen=
Rath, wie auch Iustitiarius des General=Ober=
Finanz=Krieges=und Domainen=Directorii zu
Berlin; Ist gebohren A. 1712. den 6 May zu
Magdeburg, studirete seit 1729. zu Jena, und
seit 1733. zu Halle, wo er 1734. Magister, und
1735. Adjunctus der Philosophischen Facultät
warb, auch Vorlesungen hielt. Nachdem er hier=
auf vom Herbste 1735. bis zum Februar 1737.
auf einer gelehrten Reise in Holland, Engelland
und Frankreich zugebracht, warb er um Ostern
1737. Professor Philosophiae Extraordinarius,
und nach 5 Monathen Professor Philosophiae Ordinarius zu Göttingen, wo er ferner 1744. I.
U. Doctor, und 1747 Professor Iuris Extraordinarius wurde. Von Göttingen ging er aber
im October 1750. als Hessen=Hanauischer Hoff=
Rath, und Lehrer des Staats=Rechts, nach Ha=

nau

nau zur damahligen Moserischen Staats-Academie;
Von da um Ostern 1751. als Hessen Cusseli-
scher Hoff-Rath, und Professor Iuris Ordinarius nach Marburg; Von da endlich um Michaelis 1753. als Cammer-Gerichts-Rath nach
Berlin, wo er 1764 Geheimder-Rath, und
Iustitiarius bey dem General-Ober-Finanz-Krie-
ges-und Domainen-Directorio geworden.

> S. 1) *Ge. Henr. Ayreri Progr.* De trutina verae et
> simulatae Ichi. *Goetting.* 1744. 2) **Chrift. Ludw.**
> Stolten Göttingische Gelehrte Nachrichten; vom
> Jahr 1744. S. 146-151 3) Strodtmanns
> Geschichte itztlebender Gelehrten. XIIten Theil. S.
> 274-315. 4) Herrn HR. Pütters Versuch einer
> Academischen Gelehrten Geschichte von der Universität
> Göttingen §. 48 S. 86-88.

229) Kahrel (Herrmann Friderich)

Phil. & I. U. Doctor, und Professor Iuris
zu Herborn Gebohren zu Detmold, studirete seit A. 1739. und ward allda 1742. Magister, nachhero Professor Iuris Naturae & Philosophiae auf dem Academischen Gymnasio zu Herborn, und 1763. Professor Iuris auch I. U.
Doctor.

> S. auch *Io. Adolph. Hartmanni Progr.* ad Orationem
> à Herm. Frid. Kahrel habendam. *Marburgi*
> 1742. 4to.

230) Kapff (Sixtus Iacob.)

I. U. Licentiatus, und Professor Iuris Extraordinarius auf der Universität Tübingen; Ist
ein gebohrner Würtemberger, studirete zu Tübingen,

gen, ward hierauf Hoff = Gerichts : Advocat zu
Tübingen, A 1757. I. U. Licentiatus, und
1761. Professor Iuris Extraordinarius.

231) Kaufholtz (Ioh. Balthasar)

I. U. Doctor, Fuldaischer Hoff = Rath, und
Professor Pandectarum auf der Universität zu Fulda, auch Fiscalis.

232) van der Keeſſel (Dionyſius Gott-fried)

I. U. Doctor, und Professor Iuris Ordinarius auf der Universität zu *Gröningen.* Ward allhier A. 1762. Professor an des verstorbenen D.
Ioachim. Ioh. Schwarzens Stelle.

233) von Ketelhodt (Carl Gerhard.)

I. U. Doctor, Hoch = Fürstlich. Schwartzburg=
Rudolstädtischer Hoff = und Regierungs-Rath, auch
Cammer = Juncker zu Rudolstadt, und der
Teutschen so wohl, als lateinischen Gesellschaff=
ten zu Jena Ehren = Mitglied; Gebohren A. 1738.
den 3 October zu Rudolstadt, studirete seit
1753. zu Jena, ward daselbst 1758. bey der
damahligen Academischen Jubel = Feyer I. U. Doctor, reisete sodann, ward 1759. Fürstl. Rudolstädtischer Cammer = Juncker, und Regierungs-
Assessor, 1761 Regierungs = Rath, und 1763.
Hoff = Rath.

234) von Ketelhodt (Christian. Ulrich)

Hoch = Fürstl. Schwartzburg = Rudolstädtischer Geheimder = Rath, Cantzler, Regierungs-

G   und

und Confiſtorial = Präſident, des Brandenburgi-
ſchen rothen Adler=Ordens, wie auch des Mecklenburgiſchen Ordens der Treue und Veſtändig-
keit Ritter, der Churfürſtl. Mänhkiſchen Academie der nüßlichen Wiſſenſchafften zu Erfurt, ingleichen der Hochteutſchen Rechtsgelehrten, und
der freyen Künſte in Leipzig, und der gelehrten
correſpondirenden Geſellſchafft in Hamburg Mitglied; Iſt gebohren A. 1701. den 5 Auguſt zu
Güſtrow, ſtudirete ſeit 1721. zu Roſtock, kam
1726. an den Fürſtl. Rudolſtädtiſchen Hoff, ward
daſelbſt 1727. Cammer = Juncker, 1729. Hoff-
Rath, 1743. Confiſtorial = Rath, 1750. Vice-
Cantzler der Regierung, und Vice=Präſident des
Conſiſtorii, 1761. Cantzler, Regierungs = und
Conſiſtorial = Præſident, und 1763 Geheimbder=
Rath.

235) Kind (Jo. Chriſtoph.)

Phil. & I. U. Doctor, und Advocatus zu
Leipzig; Gebohren A. 1718. zu Werdau bey
Zwickau, ſtudirete ſeit 1735. zu Leipzig die Theologie, ward allda 1741. Magiſter, ſtudirete nachhero die Rechtsgelehrſamkeit, ward 1751. zu Leipzig I. U. Candidatus, 1752. Chur=Sächſiſcher
Advocat, 1753. Notarius, und 1761. zu Leipzig I. U. Doctor.

S. *Guſt. Henr. Mylii Progr.* De legalitate Regi-
ſtraturæ Iudicialis. *Lipſiæ* 1761.

236) Kirchhof (Jo. Henricus)

Königl. Däniſcher Juſtiz=Rath zu Roppell-
hagen.

237) Kiritz (Carl Erdmann)

I. U. Doctor, und Advocatus zu Merse=
burg; Ist daselbst A. 1694. den 14 Junius
gebohren, studirete seit 1709. zu Halle, seit 1712.
zu Jena, und seit 1714. zu Leipzig, reisete nach=
her als Secretarius eines Kayserl. Generals durch
verschiedene Länder, besonders durch Italien, ward
1722. zu Jena I. U. Doctor, und gieng hierauf
nach Merseburg, wo er bis ietzo der Juristischen
Praxi obgelegen. Er ist ein Mann, der verschie=
bene Orientalische Sprachen verstehet, und spricht
Französisch, Italiänisch, Spanisch, Englisch und
Pohlnisch. .

238) Klingner (Jo. Gottlob)

I. U. Doctor, und Practicus zu Leipzig;
Gebohren A. 1699. den 24 April zu Eulenburg,
ward erst der Schreiberey gewidmet, studirete aber
nachher seit 1718. zu Leipzig, ward 1721. Notarius, 1722. Advocatus, und 1730. zu Erfurt
I. U. Doctor

239) Klœckhoff (Nicolaus)

ICtus zu Culenburg in Holland.

240) Klotzsch (Jo. Fridericus)

Syndicus und Berg = Beamter zu Frey=
berg; Ist gebürtig von Dippoldiswalda,
studirete bis 1747. zu Wittenberg, ward nach=
her Actuarius in dem Creyß=Amt Meißen, kam
hierauf nach Freyberg zu seiner ietzigen Be=
dienung.

241) Klügel (Ernſt Gottfr. Chriſtian)

I. U. Doctor, und Raths-Herr zu Witten=
berg; Gebohren A. 1737. den 19 November zu
Wittenberg ſtudirete allda ſeit 1754. und ward
daſelbſt 1759. I. U. Doctor, und nachhero Raths-
Herr. Er hält auch Juriſtiſche Vorleſungen.

    S. *Andr. Fkr. Rivini Progr.* De ſtudio ſenili. *Vi-*
    temberg 1759.

242) Klügel (Gottlob Chriſtian)

I. U. Doctor, Aſſeſſor der Juriſten = Facultät zu Wittenberg, und Syndicus des Raths
daſelbſt; Iſt A. 1712. 5. Idus Junii (den 9. Jun.)
zu Zwickau gebohren, ſtudirete ſeit 1733. zu
Wittenberg, und ſeit 1736. zu Leipzig, ward
1737. zu Wittenberg I. U. Doctor, nachher
Hof = Gerichts = und Conſiſtorial = Advocat, und
1760. Aſſeſſor der Juriſten=Facultät, auch Syndicus des Raths daſelbſt.

    S. auch *Gebb. Chriſt. Baſtinelleri Progr.* De creditore he-
    reditario, & inſtitutum heredem, & legatarium
    omnium bonorum una in Jus vocante. *Vitemb.*
    1737. Ad ejus Diſputationem Inauguralem.

243) Freyherr von Knigge (Philipp. Carl)

I. U. Doctor, Aſſeſſor des Königl. und Chur-
Fürſtl. Hoff = Gerichts zu Hannover, auch Ober=
Hauptmann. Gebohren A. 1723. den 16 De-
cember zu Hannover, ſtudirete ſeit 1744. zu Halle,
und nachhero zu Göttingen, ward allhier 1747.
I. U. Doctor, und noch in ſelbigem Jahre Hoff=
Ge=

Gerichts-Affeſſor zu Hannover, nachher iſt er auch Ober-Hauptmann worden.

S. Strodtmans Beyträge zur Hiſtorie der Gelahrtheit Th. II. S. 59. u. f.

244) Knorre (Erneſtus Fridericus)

I. U. Doctor, Profeſſor Iuris Extraordinarius, und Affeſſor des Schöppen-Stuhls zu Halle; Iſt daſelbſt A. 1728. den 20. December gebohren, ſtudirete ſeit 1745. in ſeiner Vater-Stadt, ward allda 1751. I. U. Doctor, 1753. Profeſſor Iuris Extraordinarius, und Affeſſor der Juriſten-Facultät, und 1764. mit Aufgebung dieſer letztern Stelle, Affeſſor des Schöppen-Stuhls.

245) Koch (Carl Gottlob)

I. U. Doctor, und Ober-Stadtſchreiber zu Leipzig; Gebohren A. 1717. den 6 Januar, zu Lenz bey Großen-Hayn, ſtudirete ſeit 1736. zu Leipzig, ward erſt Advocatus, ſodann Actuarius, und hierauf Syndicus bey dem Rath zu Torgau, 1751. zu Erfurt I. U. Doctor, und 1759. Ober-Stadtſchreiber zu Leipzig.

S. Jo. Chriſtoph Spitzii Progr. De origine teſtamentorum. Erfordi. 1751. Ad ejus Diſputationem Inauguralem.

246) Koch (Henricus Andreas)

ICtus, und Herzogl. Braunſchweig-Lüneburgiſcher Geheimbder-Juſtiz-Rath zu Wolffenbüttel; Iſt ein Sohn des ehemaligen berühmten Helmſtädtiſchen Profeſſoris Logices & Metaphy-

ſices,

sices, D. *Cornelii* Dietrich Kochs, und ohngefehr A. 1706. zu Helmstädt gebohren, wo er
auch studiret, und verschiedene Proben seines
Fleißes und Geschicklichkeit an den Tag geleget
hat; Nachher ist er Hoff-Rath zu Wolffenbüttel, und 1764. Geheimbder Justiz-Rath
worden.

247) Koch (Jo. Christoph.)

I. U. Doctor, Comes Palat. Cæsar,. Hoch-
Fürstl. Heßen-Darmstädtischer Hoff-Rath, und
Prof. ssor Iuris Ordinarius auf der Universität
zu Gießen; Ist gebohren A. 1732. den 8 März
zu Mengeringhausen im Waldeckischen, studi-
rete seit 1751. zu Jena, ward allda 1756. I.U.
Doctor, 1759. Professor Iuris Ordinarius zu
Gießen, auch in selbigem Jahre Comes Palat.
Cæsar. und 1763. Hoff-Rath, und zweyter Pro-
fessor Iuris Ordinarius.

> S. auch *Christ. Gottl. Buderi Progr.* Ad Clemen-
> tinam Pastoralis de Sententia & re iudicata. Si-
> ve: De Iuribus Vicariorum in Imperio Romano.
> singulariter sic dicto. *Jena* 1756. Ad ejus Di-
> sputationem Inauguralem.

248) Kœnig von Kœnigsthal (Gustav. Georg.)

I. U. Doctor, verschiedener Fürsten und Stände des Heil. Römisch. Reichs *resp.* Geheimbder-
Hoff- und Legations-Rath, und vorderster Consulent der freyen Reichs-Stadt Nürnberg;
Ist gebürtig von Altdorf, wo er auch studiret,
ward

warb allba A. 1740. I. U. Doctor, und gelan=
gete nach und nach zu benen oben benannten
Ehren-Stellen.

249) Kold, oder, Cold (Iſaac Andr.)

I. U. Doctor, Königl. Däniſcher würcklicher
Juſtiz-Rath, Aſſeſſor im höchſten Gericht zu Kop=
penhagen, und Profeſſor Iuris Civilis zu So=
roe; Gebohren A. 1718. den 6 December,
aus einem alten Norwegiſchen Geſchlechte, warb
1735. Baccalaureus, A. 1740. zu Koppenhagen
I. U. Doctor, 1741. Advocatus im höchſten
Gericht, 1747. Profeſſor Iuris Civilis zu So=
roe, wie auch Notarius der Juriſten-Facultät,
und Burgermeiſter zu Schoen in Norwegen, und
1755. Juſtiz-Rath, auch Beyſitzer im höchſten
Gericht.

250) Kopp (Carl Philipp.)

I. U. Doctor, und Fürſtl. Heſſen-Caßeliſcher
Regierungs-Rath zu Caßel; Er iſt der älte=
ſte Sohn des berühmten Vice-Cantzlers, Jo=
hann Adam Kopps, und zu Birſtein ge=
bohren, warb 1750. zu Marburg I. U. Doctor, und nach einigen Jahren Regierungs=
Rath zu Caßel.

(251) Kortholt (Franciſcus Iuſtus)

I. U. Doctor, Vice-Cantzler der Univerſität
Gieſen, Hoch-Fürſtl. Heſſen-Darmſtädtiſcher
Hoff-Rath, und Profeſſor Iuris Primarius; Iſt
A. 1711. den 30. Januar zu Gieſen geboh=

ren,

ren, ſtudirete ſeit 1727. daſelbſt, ward nachhero Hofmeiſter, und hielt ſich 2 Jahre in Wetzlar auf, ward hierauf zu Gieſen Regierungs-
Advocatus und Procurator Ordinarius, 1738.
zu Gieſen I. U. Doctor, 1739. Gräflich Wit-
genſtein = Berleburgiſcher Secretarius, 1741. zu
Gieſen Profeſſor Eloquentiæ & Poëſeos, 1742.
Profeſſor Iuris Extraordinarius, 1743 Profeſſor Iuris Ordinarius, 1745. Syndicus der Academie, 1755. Profeſſor Iuris Primarius, Director der Juriſten = Facultät, und Heßen = Darm-
ſtädtiſcher Hoff = Rath, und 1764. Vice = Cantzler der Univerſität Gieſen.

252) von Kowalewsky (Cœleſtinus)

Phil. & I. U. Doctor, Cantzler, Director
und Profeſſor Iuris Primarius auf der Univerſität zu Königsberg, auch Vice = Präſident und
Officialis des Sammländiſchen Conſiſtorii in
Preußen; Gebohren A. 1700. den 11 Märtz
zu Nikolaike in Preußen, ward 1727. zu
Königsberg I. U. Licentiatus, 1729. Magiſter
zu Halle, und in eben ſelbigem Jahre zu Königsberg Profeſſor Eloquentiæ & Hiſtoriarum
Extraordinarius, 1730. I. U. Doctor, 1733.
Sammländiſcher Conſiſtorial = Rath, 1735. Profeſſor Eloquentiæ & Hiſtoriarum Ordinarius,
1745. Vice-Præſident und Vice-Officialis des
Sammländiſchen Conſiſtorii, 1751. Vice-Præ-
ſident und Vice-Officialis des neu errichteten
Preußiſchen Conſiſtorii, und 1752. Cantzler,
Director und Profeſſor Iuris Primarius.

S. Ari

S. Arnolts Historie von der Universität Königsberg. IIten Theil. S. 411. u. f. und desselben Zusätze. S. 48. u. 72.

253) Kratzenstein (Jo. Henricus)

I. U. Doctor, Professor Iuris Extraordinarius auf der Universität zu Helmstädt, Syndicus des Closters St. Lüdgeri, Director des Helmstädtischen Wäysen-Hauses, und Ehren-Mitglied der Herzogl. Teutschen Gesellschafft daselbst; Gebohren zu Wernigeroda, ward A. 1760. zu Helmstädt I. U. Doctor, 1761. Adjunctus der Juristen-Facultät, Syndicus des Closters St. Lüdgeri, Director des Wäysen-Hauses, und Ehren-Mitglied der Herzogl. Teutschen Gesellschafft daselbst, und 1763. Professor Iuris Extraordinarius.

254) Kraus (Georg Fridericus)

I. U. Doctor, Professor Codicis Ordinarius, und Assessor des Hoff-Gerichts, des Consistorii, des Schöppen-Stuhls, und der Juristen-Facultät zu Wittenberg; Ist allda A. 1718. den 18 Märtz gebohren, studirete in seiner Vater-Stadt von 1736. an, ward daselbst 1745. I. U. Doctor, und 1750. Professor Tit. de Verb. Sign. & de Reg. Iur. Hierauf 1751. zu Dantzig Professor Iuris & Historiarum, wie auch Inspector des Gymnasii, und wiederum zu Wittenberg 1753. Professor Iuris Feudalis, und Assessor Extraordinarius der Juristen-Facultät, 1759. Professor Institutionum Ordinarius, und Assessor Ordinarius im Hoff-Gerichte, im Schöppen-Stuhle, und in der Juristen-Facultät, 1761. Professor Digesti inforciati & novi, wie auch

G 5   auch

auch Aſſeſſor im Conſiſtorio, 1763. Profeſſor
Digeſti veteris, und 1765. Profeſſor Codicis.

255) Freyherr von Kreitmayr auf Offenſtetten (Wiguleus Xaverius Aloyſius).

Chur-Bayeriſcher Geheimder-Raths-Cantzler, würcklicher Conferenz-Miniſter, und Obriſt-Lehens-Probſt zu München; Hat ſich durch den Codicem Maximilianeum Civilem, und durch die Anmerckungen darüber in der gelehrten Welt einen großen Nahmen erworben.

256) Kugler (Jo. Reinhard)

I. U. Doctor, Profeſſor Pandectarum & Iuris Canonici Publicus Ordinarius auf der Univerſität Straßburg, und Canonicus des Capituls von St. Thomas; Iſt A. 1723. den 22 October zu Straßburg gebohren, ward allda 1750. J. U. Doctor, 1756. Profeſſor Inſtitutionum Ordinarius, und 1761. Profeſſor Pandectarum & Juris Canonici, wie auch Canonicus des Kapituls von St. Thomas.

257) Künhold (Fridericus Alexander)

Phil. & I. U. Doctor, Canonicus der hohen Stiffs-Kirchen zu Merſeburg, Profeſſor Codicis Ordinarius, Decemvir und Senior der Univerſität Leipzig; Iſt A. 1693. den 9. December zu Gotha gebohren, ſtudirete von 1710. an zu Jena die Theologie, von 1712. an zu Erfurt die Rechtsgelehrſamkeit, ward A. 1717. zu Jena Magiſter

gifter, gieng noch in selbigem Jahre nach Leipzig,
ward allda A. 1720. J. U. Doctor, A. 1722.
Profeſſor Juris Naturæ & Gentium Ordinarius,
A. 1724. Profeſſor Tit. de Verb. Signif. & de
Reg. Iur. Ordinarius, A. 1726. Aſſeſſor der Juri-
riſten-Facultät, A. 1727. Profeſſor Inſtitutionum
Ordinarius, A. 1739. Profeſſor Pandectarum
Ordinarius, und Canonicus zu Zeitz, A. 1756.
Profeſſor Codicis Ordinarius, Canonicus zu Merſeburg, Decemvir und auch Senior der Academie,
und A. 1762. ließ er ſich ſowohl in Anſehung
ſeiner Profeßion, als auch in Anſehung der Aſ-
ſeſſur in der Juriſten-Facultät, pro emerito de-
clariren, und erhielt einen Prof. ſſorem und Aſſeſ-
ſorem Subſtitutum.

258 Küſtner (Chriſtian. Wilhelm.)

Phil. & J. U. Doctor, Canonicus und Cuſtos
des Dom-Capituls zu Wurtzen, Aſſeſſor des
Ober-Hoff-Gerichts, des Geiſtlichen Conſiſtorii,
und der Juriſten Facultät, deßgl. Baumeiſter des
Raths zu Leipzig, und Vorſteher der Schu-
len zu St. Thomas daſelbſt; Iſt A. 1721. den
13. Februar zu Leipzig gebohren, ſtudirete daſ-
ſelbſt ſeit 1737. ward allda A. 1743. Magiſter,
A. 1744. I. U. Doctor, auch in ſelbigem Jahre
Advocatus im Ober-Hoff-Gerichte und im Con-
ſiſtorio, A. 1747. Raths-Herr, A. 1758. Stadt-
Richter, A. 1759. Syndicus des Raths, A. 1760.
Aſſeſſor im Geiſtlichen Conſiſtorio und in der
Juriſten-Facultät, A. 1765. den 17. Jul. Aſſeſ-
ſor Ordinar. im Ober-Hoff-Gerichte, deßgl.
Bau-

Bau-Meister des Raths zu Leipzig, und Vor-
steher der Schulen zu St. Thomas. Er ward auch
bald nach seiner Doctor Promotion als Canonicus zu Wurtzen recipirt, und ist nunmehro in
diesem Collegio Custos.

259) Kurella (Iacobus Henricus)

J. U. Doctor, Professor Iuris Ordinarius auf
der Universität zu **Königsberg**, Criminal- und
Stadt-Rath, auch Beysitzer der Juristen-Facultät; Ist zu **Neidenburg** in Preussen gebohren,
studirete zu Königsberg und Halle, ward auf letzterer Universität A. 1738. J. U. Doctor, A. 1740.
zu Königsberg Professor Iuris Extraordinarius,
A. 1746. Stadt-Rath, und A. 1752. Criminal-Rath, auch Assessor der Juristen-Facultät.

S. Arnolds Historie von der Universität Königsberg
IIten Theil. S. 280. und Deſſelbeits Zuſätze. S.52.

L.

260) Lalaure.

Ein berühmter Parlaments-Advocat zu **Paris.**

261) Lambacher (Philipp. Iacob.)

Secretarius der Kayserlichen Residenz-Stadt
Wien.

262) Lamm (Io. Georgius.)

J. U. Doctor, und Advocatus Ordinarius bey
der Hochfürstl. Regierung zu **Weymar;** Gebohr-
ren

ren baselbst, studirete zu Jena, ward nachher Hoff-
und Regierungs-Advocat zu Weymar, und A.
1742. zu Erfurt J. U. Doctor.

S. auch Heinr. Melch. Schütte Progr. de reparatio-
nibus Ecclesiarum. Erfurdiæ 1741. Ad ejus Disputationem Inaugur.

263) Langguth (Io. Ludovicus)

J. U. Doctor und Advocatus zu Leipzig;
Ist baselbst A. 1707. gebohren, studirete seit 1728.
in seiner Vater-Stadt, und ward allda A. 1735
J. U. Doctor, und auch Advocatus.

264) P. Langhayder (Constantin.)

Benedictiner aus dem Closter Cremsmünster,
J. U. Doctor, Kirchen-Rath und Prof:ssor S. S.
Canonum Ordinarius auf der Universität zu Salz-
burg.

265) Lass (Iohann.)

Ein Advocatus und geschickter Historicus zu
Husum, im Herzogthum Schleßwig.

266) Lauhn (Bernhard. Fridrich Ru-dolph.)

J. U. Doctor, Chur-Fürstl. Sächsischer Com-
mißions-Rath, und Creyß-Ammann des Thüringischen Cränses zu Tennstädt; Ist A. 1712.
den 8. May zu Weymar gebohren, studirete seit
1729. zu Jena, ward A. 1739. Hoff-und Regierungs-Advocatus zu Weymar, A. 1741. zu
Erfurt

Erfurt I. U. Doctor, gieng A. 1744. wegen be=
forgender Widerwärtigkeiten, von Weymar nach
Naumburg, ward Chur=Sächsischer Advocatus,
A. 1745. Secretarius bey dem Amte der Lan=
des= Hauptmannschafft in Margrafthum Ober=
lausitz, A. 1747. Amtmann zu Tautenburg, und
A. 1756. Commißions=und Creyß=Amtmann des
Thüringischen Crayses zu Tennstädt; Er ist auch
A. 1759. ein ordentliches Mitglied der Chur=
fürstl. Maynßischen Academie der Wissenschaften
zu Erfurt worden.

267) Laurentius (Jo. Gottlieb.)

ICtus, und Hochfürstl. Sachsen = Gothaischer
Kriegs=Commißions=Rath zu Gotha.

268) Lengnich (Gottfried)

I. U. Doctor, und Syndicus der Stadt Dan=
zig; Gebohren daselbst, studirete zu Halle,
ward allda A. 1712. I. U. Doctor, 1729. zu
Danzig Professor Eloquentiæ & Poëseos, 1748.
Professor Iuris & Historiarum, wie auch Inspe=
ctor des Gymnasii, und 1750. Syndicus der
Stadt Danzig.

269) Lerber (Siegismund. Ludovicus)

ICtus und Professor Iuris Ordinarius zu Bern,
Gebohren daselbst A. 1723. ward 1748. Professor Iuris, 1755. im grossen Rath erwählet; hernach Ducentum-Vir, und 1763. des hohen Raths
zu Bern Abgeordneter, bey der Land = Vogtey
Trachselwald.

270)

270.) L'Estocq (Io. Ludovicus)

I. U. Doctor, Königl. Preußischer Krieges-
und Stadt-Rath, Ober- und Frantzöfischer
Richter, Professor Iuris Ordinarius Secundus auf
der Universität zu Königsberg, und Mitglied
der dasigen Teutschen Gesellschafft; Gebohren A.
1712. den 13 Mårtz, zu Abtinten, einem Landguthe in Preussen, studirete seit 1730. zu Königsberg, ward 1736. Advocatus und Notarius,
1737. Secretarius bey der Frantzöfischen Colonie,
1740. Hoff-Fiscal, und Hoff-Gerichts-Advocatus, 1743. Krieges-Rath und Frantzöfischer
Richter, 1744. Stadt-Rath, und in selbigem
Jahre auch I. U. Doctor, 1747. fünfter Professor Iuris, 1750. vierdter Professor Iuris Ordinarius, 1751. dritter Professor, auch in selbigem Jahre Ober-Richter der Stadt Königsberg,
und 1764. zweyter Professor Iuris Ordinarius.

271) Leu (Ioh. Iacobus)

ICtus und Burger-Meister zu Zürch. Er
war vorhero daselbst Seckel-Meister, und hat
A. 1759. die Oberste Würde in seinem Vater-
lande, nehmlich, das Burger-Meister-Amt zu
Zürch erhalten. Er ist der Verfasser des grossen Eydgenoßischen Lexici.

272) Lichtenstein (Ioachim. Theodor.)

I. U. Doctor, Herzogl. Braunschweig-Lüneburgischer Hoff-Rath, Gerichts-Schultheiß,
und erster Burger-Meister zu Helmstädt; Ist
A. 1706.

A, 1706. ben 17 Julius zu Aurich in Ost-Frießland gebohren, studirete seit 1723. zu Helmstädt,
ward 1727. Advocatus zu Wolffenbüttel, 1739.
Ober-Amtmann daselbst, 1743. Hoff Rath, Gerichts-Schultheiß und Ober-Burgermeister zu
Helmstädt, und 1749. daselbst I. U. Doctor.

273) von Lichtwer (Magnus Gottfr.)

I. U. Doctor, Königl. Preußischer Hoff-Re-
gierungs- und Consistorial-Rath zu Halberstadt; Gebohren A. 1719. den 1sten Februar,
zu Wurtzen, studirete seit 1737. zu Leipzig und
Wittenberg, ward auf letzterer Universität 1744.
I. U. Doctor, und hielt allda Juristische Vorlesungen, ward 1750. Hoff- und Regierungs-
Rath zu Halberstadt, auch bald hernach geabelt,
und 1763. Consistorial-Rath.

S. auch *Andr. Flor. Rivini Progr.* Continens quas-
dam quæstiones circa retractum in locatione
conductione. *Vitemb.* 1744. Ad ejus *Dispur.
Inaug.*

274) Linck (Wilhelm. Fridericus)

I. U. Doctor, Professor Institutionum Ordinarius auf der Universität zu Altdorf, und
Assessor der Juristen-Facultät; Gebohren daselbst A. 1725. den 12 Julius, studirete in seiner Vaterstadt, ward allda 1749. J. U. Doctor,
A. 1750. Professor Iuris Extraordinarius, und
Assessor Extraordinarius der Juristen-Facultät,
1757. Professor Iuris Naturæ & Gentium Ordinarius

narius, und 1762. Profeſſor Inſtitutionum Ordinarius, auch Aſſeſſor der Juriſten-Facultät.

275) Lindeſey (Hercules)

Profeſſor Iuris Ordinarius auf der Univerſität
zu *Glasgow* in Schottland.

276) Lipius (Andreas Martin.)

Königl. Preußiſcher Cammer-Secretarius
und Regiſtrator zu Breßlau.

277) Lippert (Joh. Caſpar)

I. U. Doctor, Churfürſtl Bayeriſcher würcklicher Reviſions-Rath zu München; war vorher Hoffrath und Profeſſor Iuris Publici auf der
Univerſität zu Ingolſtadt.

278) von der Lith (Jo. Wilhelm.)

Hochfürſtl. Brandenburg-Onoltzbachiſcher
würcklicher Hoff- und Regierungs- auch Juſtiz-
Rath zu Anſpach.

279) Lochner (Jo. Michael Fridericus)

I. U. Doctor, und Conſulent der Republic
Nürnberg; Iſt daſelbſt gebohren, ſtudirete zu
Altdorf, und ward allda A. 1753. I. U. Doctor,
und hernach Conſulent der Republic Nürnberg.

·H   280)

280) von Loen, oder Loon (Io. Michael)

Königl. Preußischer Geheimbder=Rath, und Regierungs=Præsident der combinirten Grafschaften Tecklenburg und Lingen, auch erster Curator des Gymnasii zu Lingen; Ist A. 1694, ben 21 December zu Frankfurt am Mayn gebohren, studirete seit 1711. zu Marburg und Halle, reisete von 1716. bis 1728. durch Teutschland, Holland, die Niederlande, Frankreich und die Schweitz, begab sich 1728. zur gelehrten Ruhe, und führete den Character eines Königl. Preußischen Hoff=Raths; Ward aber dieser stoltzen Ruhe ohngeachtet 1753. Königl. Preußischer Geheimbder=Rath, und Regierungs= Præsident der combinirten Grafschaften Tecklenburg und Lingen, auch erster Curator des Gymnasii zu Lingen.

S. 1) Brockers Bilder=Saal heutiges Tages leben der Gelehrten *Decad.* VIII. 2) Neues Gelehrtes Europa, IIten Theil. S. 520. 570. und Xten Theil. S. 418. 419. 3) M. J. Messerschmidts Polyhistor. IIItes Stück. S. 17. 21.

281) Lorber von Störchen (Ignatius Christoph.)

J. U. Doctor, des Fürsten Bischoffs zu Bamberg und Würtzburg würcklicher Kirchen und Hoff=Rath, Professor Iuris Publici & Feudalis Publicus Ordinarius auf der Universität zu Bamberg, und Assessor der Juristen=Facultät; Ist aus dem Bambergischen gebürtig, ward A. 1749.

Au

zu Bamberg I. U. Doctor, und auch noch in selbigem Jahre daselbst Professor Institutionum Ordinarius, Assessor der Juristen-Facultät, und Hoff-Rath, und 1755. Professor Iuris Publici & Feudalis, auch Kirchen-Rath.

282) Lorentz (Io. Michael)

I. U. Licentiatus, und Phil. Magister, Professor Eloquentiae & Poëseos Ordinarius, und Historiarum Extraordinarius auf der Universität zu Straßburg; Ist zu Straßburg gebohren, ward allda A. 1753. I. U. Licentiatus, 1754. Professor Historiarum Extraordinarius, und 1758. Professor Eloquentiae & Poëseos Ordinarius.

283) Lori (Io. Georgius)

I. U. Doctor, Churfürstl. Bayerischer Hoff-Münz- und Berg-Rath zu München. Ward A. 1747. zu Ingolstadt I. U. Licentiatus, nachgehends daselbst Professor Iuris und I. U. Doctor, und endlich Hoff-Münz- und Berg-Rath zu München.

284) Lorry (Franciscus)

Antecessor, oder, Doctor und Professor der Juristischen Facultät auf der Universität zu *Paris*.

M.

285) Macloed (Rodericus)

Professor Iuris Civilis auf der Universität zu Alt-Aberdeen in Schottland.

286) Ma-

286) Madihn (Georg. Samuel)

I. U. Doctor, Profeſſr luris Ordinarius, und Aſſeſſor der Juriſten = Facultät auf der Univerſität zu Halle; Iſt A. 1729. den 24 December zu Wolffenbüttel gebohren, ſtudirete von 1747. zu Helmſtädt und Halle, ward auf letzterer Univerſität 1754. I. U. Doctor, 1757. Aſſeſſor des Schöppen-Stuhls daſelbſt, und 1758. Profeſſor luris Ordinarius, auch Aſſeſſor der Juriſten = Facultät.

287) Mager (Io. Fridericus)

I. U. Doctor, und Senior des Churfürſtl. Sächß. Schöppen = Stuhls zu Leipzig; Gebohren allda A. 1703. im Monath October, ſtudirete ſeit 1721. in Leipzig, ward daſelbſt 1731. I. U. Doctor, 1733. Aſſeſſor des Schöppen= Stuhls, und 1758. Senior deſſelben.

288) Magioni (Migliorotto)

Profeſſor luris zu Pisa. Er iſt auch in der gelehrten Welt unter dem Nahmen Henricus Conſelmannus bekannt.

289) Majanſius (Gregorius)

I. U. Doctor, Königl. Spaniſcher Bibliothecarius zu Madrit, und Profeſſor luris auf der Univerſität zu Valentia. Dieſer edle und berühmte Spanier iſt A. 1699. den 9 May zu Oliva, ohnfern Valentia gebohren, ſtudirete ſeit 1717. zu Valentia, und ſeit 1719. zu Salamauca,

manea, ward allda 1721. Doctor Iuris Canonici, 1722. zu Valentia Doctor Iuris Civilis,
1723. Professor Codicis Iustinianei daselbst,
1730. I. U. Doctor zu Gandia, und ohngefehr
1734. Königl. Spanischer Bibliothecarius zu
Madrit.

S. 1) Strodtmanns Geschichte jetzlebender Gelehrten XIten Theil. S. 1.-37. 2) Desselben Neues Gelehrtes Europa. VIIten Theil. S. 851.-
976.

290) Mannory.

Anciens Avocat au Parlement de *Paris*

291) Mantzel (Ernst. Iohann. Fried-
rich)

Phil. & I. U. Doctor, Comes Palat. Caesar.
Herzogl. Mecklenburgischer Cantzley- und Consistorial-Rath, und Professor Iuris Primarius auf
der Universität zu Bützow; Ist A. 1699. den
29 August zu Jordansdorf im Mecklenburgischen gebohren, studirete seit 1717. zu Rostock
und Wittenberg, ward zu Rostock 1721. I. U.
Doctor, 1722. Magister, und Professor Moralium Ordinarius, 1730. Räthlicher Professor
Institutionum Ordinarius, 1744. Comes Palatinus Caesareus, 1746. Herzogl. Mecklenburgischer Cantzley- und Consistorial-Rath, Herzogl.
Professor Pandectarum Ordinarius, und Senior
der Juristen-Facultät, und 1760. Professor Iuris Primarius auf der neu angelegten Universität
Bützow.

H 3   292) von

292) von der Marck (Frider. Adolph.)

I. U. Doctor, und Profeſſor Iuris Publici, Naturæ & Gentium Ordinarius auf der Univerſität zu Gröningen; Gebohren A. 1719. den 9. Märtz zu Hamegge in der Grafſchaft Marck, ſtudirete zu Duisburg, ward daſelbſt A. 1745. I. U. Licentiatus, A. 1746. zu Arnhelm Hoff-Gerichts Advocat des Hertzogthums Gelbern, und der Grafſchafft Zütphen, A. 1748. zu Duisburg I. U. Doctor, und A. 1758. Profeſſor Iuris Ordinarius zu Gröningen.

S. Neues Gelehrtes Europa. XIIXten Theil. S. 360-366

293) Marperger (Paul Jacobus.)

Phil. & I. U. Doctor, und Churfürſtl. Sächſiſcher würcklicher Appellations-Rath zu Dreßden; Gebohren A. 1720. den 12. Märtz zu Nürnberg, ſtudirete ſeit 1737. zu Leipzig, ward daſelbſt A. 1741. Magiſter, A. 1743. I. U. Doctor, und A. 1744. Appellations-Rath zu Dreßden.

294) von Martini (Carolus)

I. U. Doctor, des heil. Röm. Reichs Ritter, Kayſerl. Königl. würcklicher Hoff-Rath bey der oberſten Juſtiz-Stelle, und Profeſſor Iuris Naturæ, & Inſtitucionum Imperialium Ordinarius auf der Univerſität zu Wien; Ward A. 1765. den 25. Junius in den Ritter-Stand erhoben, weil er den Ertz-Hertzog, Leopold, drey Jahr lang in denen Rechten unterwieſen hatte.

295) Ma-

295) Maſtraca (Stylianus) Corcyrenſ.

ICtus, und Profeſſor Juris Civilis Ordinarius auf der Univerſität zu Padua; Es wurde ihm nach des Herrn Giuseppe Alsleona im Jahr 1749. erfolgten Todte das öffentliche Lehr Amt in der Jurisprudentia Civili auf der Univerſität zu Padua aufgetragen.

296) Mattei (Lanfranco)

Ein Prælat, und Subdatarius am Römiſchen Hofe.

297) Meckbach (Hieron. Chriſtoph.)

J. U. Doctor, Herzogl. Sachſen-Weymar-und Eiſenachiſcher Ober-Vormundſchafftlicher Commiſſions-Rath, und Ambtmann der Aemter Capellendorff und Heußdorff, wie auch der Voigtey Magdala.

298) Meermann (Gerhard.)

J. U. Doctor, Rath und Penſionarius, oder, Syndicus zu Rotterdam; Gebohren A. 1722. den 6. December zu Leyden, ſtudirete allda ſeit 1734. ward daſelbſt A. 1740. Candidatus Juris, und auch in ſelbigem Jahre Advocat im Hof von Holland, A. 1741. zu Leyden J. U. Doctor, that hierauf einige gelehrte Reiſen, und ward A. 1748. Syndicus zu Rotterdam. Er iſt auch A. 1760. in der Republik Holland Angelegenheiten nach Engelland verſchicket worden.

299) Meis

299) Meis (Chriſtian. Fridericus)

Phil. & J. U. Doctor, und Amtmann zu Schleußingen; War vorhero Profeſſor Moralium auf der Univerſität zu Gieſen, ward allda A. 1741. J. U. Doctor, danckte aber nachhero ab, und ward Amtmann zu Schleußingen.

300) Meiſter (Chriſtian. Fridericus Georg.)

J. U. Doctor, Königl. Groß-Britanniſcher, und Chur-Braunſchweig-Lüneburgiſcher Hoff-Rath, Profeſſor Iuris Ordinarius, und Aſſeſſor der Juriſten-Facultät zu Göttingen; Gebohren A. 1718. den 30. Junius zu Weickers-heim im Hohenlohiſchen, ſtudirete ſeit dem Anfange des Jahres 1737. zu Altdorf, und ſeit dem May 1737. zu Göttingen. Daſelbſt ward er A. 1741. J. U. Doctor, A. 1750. Profeſſor. Iuris Extraordinarius und Aſſeſſor der Juriſten-Facultät, A. 1754. Profeſſor Iuris Ordinarius, und A. 1764. Hoff-Rath.

S. Herrn HR. Pütters Verſuch einer Academiſchen Gelehrten Geſchichte von der Univerſität Göttingen. §. 71. S. 147. u. ſ.

301) Meniconus (Franciſcus)

ICtus und Profeſſor SS. Canonum auf dem Gymnaſio zu Perugia.

302) Meycke (Chriſtoph Andreas)

J. U. Doctor Profeſſor Iuris Civilis et Naturalis ut et Hiſtoriarum Ordinarius an dem Gymna-

ſio

sio Academico zu **Altona**; Gebohren zu **Elbin-**
gen, studirete zu **Halle,** ward A. 1739. Professor Iuris & Historiarum an dem damahls neu
aufgerichteten Gymnasio Academico zu **Altona,**
und 1748. zu **Kiel** I. U. Doctor.

303) Meyer (Hermann Henricus)

I. U. Doctor, und Professor Iuris Ordinarius
am Gymnasio Academico zu **Bremen.**

304) Meyer (Iohann)

I. U. Doctor, **Hoff-Rath,** und Professor Iuris auf der **Academie** zu **Dillingen.**

305) Michaelis (August. Benedictus)

I. U. Doctor zu **Altona, Mitglied** der gelehrten **Gesellschafft** der **Teutschen Benedictiner,** und
der gelehrten **Gesellschaft** zu **Duisburg;** Gebohren
A. 1725. den 26 März zu **Halle,** allwo er auch
studirete, ward baselbst 1753. I. U. Doctor, und
in eben demselben Jahre Professor Philos. Extraordinarius zu **Göttingen,** ging aber 1756. von da
weg, und lebet anietzo zu **Altona.**

> S. 1) *Io. Tob. Carrachii Epistola* ad ejus *Diss. In-
> aug.* De beneficio à latere. 2) Hrn. H.R. **Pü-**
> **ters** Versuch einer Academischen Gelehrten Geschich-
> te von der Universität **Göttingen.** §. 57. S. 102. u. f.

306) Mœckert (Io. Nicolaus)

Phil. & I. U. Doctor, und Professor Iuris &
Moralium Ordinarius auf der Universität zu **Rin-**

teln; Gebohren — — im Schwarzburgischen, studirete zu Jena, ward allda A. 1759. Magister, und auch I. U. Doctor, worauf er Academische Vorlesungen anstellete, ward 1764. an des nunmehro in Enden stehenden Herrn Pestels Stelle Professor Iuris & Moralium Ordinarius zu Rinteln. Er ist auch ein Mitglied der Jenaischen Teutschen Gesellschafft.

307) Moeller (Reinh. Abraham)

I. U. Doctor, und Professor Iuris Ordinarius auf der Universität zu Rinteln. Ist gebürtig von Marburg, ward daselbst Regierungs-Advocat und A. 1764. allda I. U. Doctor; Kam A. 1765 als dritter Professor Iuris Ordinarius nach Rinteln.

308) Moellmann (Bernhardus)

Phil. & I. U. Doctor, Königl. Dänischer Geschicht-Schreiber und Justiz-Rath, Assessor Consistorii, Königl. Bibliothecarius, Professor Historiarum & Antiquitatum Danicarum Ordinarius zu Koppenhagen, Mitglied der Gesellschaft der Wissenschaften, und der Academie der Künste daselbst; Gebohren A. 1702. den 12 September zu Flensburg, ward 1741. zu Koppenhagen Professor, 1742. daselbst I. U. Doctor, 1748. Bibliothecarius, und 1755. den 31 Märtz, Königl. Geschicht-Schreiber und Justiz-Rath.

309) Mo-

309) Mögen (Ludovicus Gottfried)

I. U. Doctor, Profeffor Hiftoriarum Ordinarius, auf der Univerſität Gieſen, Gräfl. Leiningen-Weſterburgiſcher wirklicher Hoff-Rath von Hauß aus, und ordentliches Mitglied der Teutſchen Geſellſchafften zu Jena und Altdorf; Iſt A. 1724, den 4 Februar zu Gieſen gebohren, ſtudirete zu Gieſen ſeit 1740, ward allda 1747. I. U. Doctor, 1748. Regierungs-Advocatus, wobey er Academiſche Vorleſungen hielt, that 1754. eine gelehrte Reiſe, ward 1757. Profeffor Hiſtoriarum Ordinarius zu Gieſen, und auch Gräfl. Leiningen-Weſterburgiſcher Hoff-Rath.

310) Moritz (Io. Fridericus)

Königl. Däniſcher Legations-Rath, verſchiedener Fürſten und Stände Hoff-Rath, und Craiß-Geſandter zu Franckfurt am Mayn.

311) Morton (Alexander)

Profeffor Iuris Civilis Ordinarius, und Dechant der Univerſität St. Andrews in Schottland.

312) von Moſer (Friedrich Carl)

ICtus, und Heſſen-Caſſeliſcher Geheimbder-Rath zu Franckfurt am Mayn; Iſt A. 1723. den 18 December zu Stuttgard gebohren, ſtudirete zu Jena, ward nachhero Gräfl. Reuß-Plauiſcher Secretarius, hierauf Heſſen-Homburgiſcher Cantzley-Secretarius, alsdenn Heſſen-Darmſtädtiſcher accre-

accreditirter Geheimbder-Legations-Rath zu Franckfurt an Mayn, und endlich Hessen-Casselischer Geheimbder-Rath.

313) von Moser (Io. Iacobus)

ICtus, Königl. Dänischer Etats-Rath, und
vorher Königl. Preußischer, auch Hessen-Homburr-
gischer Geheimbder-Rath, und Syndicus derer Würtembergischen Land-Ständte zu Stuttgard; Ist
1701. den 18 Jan. zu Stuttgard gebohren, studirete zu Tübingen, ward daselbst 1720. I. U. Licentiatus, und auch in selbigem Jahre Professor Iuris
Extraordinarius, 1721. Würtembergischer Regierungs-Rath, und von dieser Zeit an lebte er bald
zu Wien, bald zu Wetzlar, und bald zu Stuttgard, war 1736. zu Tübingen I. U. Doctor, und
in selbigem Jahre Königl. Preußischer Geheimbder-Rath, Professor Iuris Primarius, und Ordinarius der Juristen Facultät auf der Universität
zu Franckfurt an der Oder, danckte 1739. wiederum ab, und privatisirte einige Jahr zu Ebersdorff
im Voigtlande, ward A. 1747. Hessen-Homburr-
gischer Geheimbder-Rath, danckte 1749. wiederum ab, gieng nach Hanau, und legte eine Staats-
und Cantzley-Academie an, ward 1751. Consulent der Würtembergischen Land-Ständte, und
gieng nach Stuttgard, gerieth 1760. in einen un-
verschuldeten Arrest, muste aber 1764. auf aller-
höchsten Käyserl. Befehl wiederum in Freyheit
gesetzet werden. Ward 1765. Königl. Dänischer
Etats-Rath.

314) Mül-

314) Müldener. (Io. Fridericus.)

ICtus, Regierungs-Advocat. u. Syndicus ju Frans kenhauſen; Gebohren daſelbſt 1715. den 9 Julius, ſtudirete ſeit 1735. ju Jena, ward 1744. Advoca- tus, und 1747. Syndicus.

315) Müller (N.)

I. U. Doctor, und Profeſſor Iuris auf der Uni verſität ju Heidelberg; Kam an des verſtorbe nen Alef Stelle.

316) Münick (Io. Arnold.)

I. U. Doctor, und Profeſſor Iuris Ordinari- us auf der Univerſität ju Trier.

117) P. Mulzer (Ignatius)

é Soc. Ieſu, Jurium Doctor, Profeſſor S. S. Canonum & Hiſtoriæ Eccleſiaſticæ Publ. Ordi- narius auf der Univerſität ju Bamberg, und Aſ ſeſſor der Juriſten-Faeultät.

318 (Muyars de Vouglans (Pierre Fran- çois)

Ein berühmter Parlaments-Abvocat ju Paris.

319) Mylius (Erneſtus Henricus)

I. U. Doctor, und Herjogl. Würtembergiſcher Regierungs-Rath ju Stutegard; Gebohren A. 1716.

1716. den 14 October zu Leipzig, studirete seit 1734. zu Leipzig und Wittenberg, ward zu Leipzig 1739. I. U. Doctor, kam in Würtenbergische Dienste, und ward 1744 Würtemberg. Regierungs-Rath.

320) Mylius (Fridericus Henricus)

I. U. Doctor, und Assessor der Juristen-Facultät zu Leipzig; Ist daselbst A. 1725. den 24 December gebohren, studirete hierselbst seit 1743. ward allda 1752. I. U. Doctor, und in selbigem Jahre Advocatus im Ober-Hoff-Gerichte und im Consistorio, 1760. Assessor Substitutus, und 1765. Assessor Ordinarius der Juristen-Facultät.

S. Nützliche Nachrichten von den Bemühungen derer Gelehrten, und andern Begebenheiten in Leipzig, von Jahr 1752. S. 138. u. f.

N.

321) Neller (Georg Christoph.)

I. U. Doctor, Geistlicher Rath, und Professor Iuris Ordinarius auf der Universität zu Trier.

322) Frey-Herr von Nettelbla (Christian.)

ICtus. E. höchstpreißl. Kayserl. und des heil. Röm. Reichs Cammer-Gerichts-Beysitzer zu Wetzlar, und Ritter des Königl. Schwedischen Nord-Stern Ordens; Ist A. 1696. den
26 Octo-

26. October zu Stockholm gebohren, studirte seit 1714 zu Upsala, Rostock, Jena und Halle, ward 1720. Gesandschafts-Canzellist, 1724. zu Gröningen I. U. Doctor, und in selbigem Jahre Professor Iuris Ordinarius zu Greifswald, 1734. Assessor des Geistlichen Consistorii, 1736. Director desselben und Professor Iuris Primarius, 1743. den 22 April Beysitzer E. Höchstpreißl. Cammer-Gerichts zu Wetzlar, auch Reichs Freyherr, und 1746. Ritter des Königl. Schwedischen Nord-Stern-Ordens.

323) Nettelbladt (Daniel)

I. U. Doctor, Königl. Preußischer Geheimder-Rath, Professor Iuris Ordinarius, und Assessor der Juristen-Facultät zu Halle; Ist zu Rostock A. 1719. den 14 Januar, gebohren, studirete seit 1733. zu Rostock seit 1740. zu Marburg, und seit 1741. zu Halle, ward allhier 1744. I. U. Doctor, und 1746. Königl. Preußischer Hoff-Rath, Professor Iuris Ordinarius, und Assessor der Juristen-Facultät; Und 1765. Königl. Preußischer Geheimder-Rath.

324) Neuber (Io. August.)

Phil. & I. U. Doctor, Churfürstl. Sächsischer Hoff-Regierungs-und Consistorial-Rath zu Merseburg; Gebohren A. 1693. den 7 Märtz zu Leipzig, studirete allda, seit 1711. ward daselbst A. 1713. Magister, 1715 I. U. Doctor, 1720.

1720. Regierungs - Assessor zu Merseburg, und 1721. Hoff-Regierungs-und Consistorial-Rath.

(325 Neuhaus (Io. Wendelinus)

I. U. Doctor, und Raths-Herr zu Leipzig; Ist daselbst A. 1713. gebohren, studirete seit 1730. zu Leipzig, Harberwyck, und wiederum zu Leipzig, ward daselbst 1739. I. U. Doctor, und 1755. Raths-Herr.

326) de Neumann in Wolfsfeld (Io. Frideric. Wilhelm)

Brandenburg-Anspachischer Rath; Führet, nach niedergelegten öffentlichen Geschäfften ein Privat-Leben auf seinem Landguthe.

327) Neureuter (Io. Georgius)

I. U. Licentiatus, Comes Palat. Caesar. Churfürstl. Mayntzischer würckl. Hoff-und Regierungs-Rath und Professor Iuris Publici Ordinarius auf der Universität zu Maynz.

O.

328) von Obelitz (Balthasar Gebhard.)

I. U. Doctor, Professor Iuris & Philosophiae Ordinarius auf der Universität zu Koppenhagen; Gebohren daselbst A. 1728. den 6. August ward A. 1754. bestimmter Rechtslehrer, A. 1755. I. U. Doct. und A. 1763. wirklicher Professor Iuris.

329) P.

329) P. Oberhæuſer (Benedictus)

Benedictiner Ordens, I. U. Doctor, und Profeſſor S. S. Canonum Publici Ordinarius auf
der Univerſität zu Fulda.

330) Oelrichs (Io. Carl Conrad.)

I. U. Doctor, Comes Palat. Cæſar. Profeſſor
Iuris Ordinarius an dem Gymnaſio zu Stettin,
und Mitglied der Königl. Teutſchen Geſellſchaften zu Königsberg, Greifswald und Göttingen,
dann der Herzogl. Teutſchen zu Helmſtädt, desgl.
der zu Bremen, und der Lateiniſchen zu Jena; Gebohren A. 1722. den 12 Auguſt zu Berlin, ſtudirete ſeit 1740. zu Franckfurt an der Oder, ward
allda A. 1750. I. U. Doctor, und A. 1752. Profeſſor Iuris an dem Gymnaſio zu Stettin. Nachher hat er die Hoff-Pfaltz-Graſen-Würde erlanget, und iſt nach und nach ein Mitglied derer
bereits genannten gelehrten Geſellſchaften worden.

v. *Io. Chph. Peſleri Progr.* De origine vocis. Lehn-
Waare. *Francofurti ad Viadr.* 1750. Ad ejus
Diſputationem Inauguralem.

331) von Ohlenſchlæger (Io. Daniel)

I. U. Doctor, Churfürſtl. Sächſiſcher Hoff-
Rath, und Raths-Herr zu Franckfurt am
Mayn; Iſt daſelbſt A. 1711. den 18. Novem-
ber gebohren, ſtudirete zu Leipzig, ward zu Straß-
burg A. 1736. I. U. Doctor, nachher Chur-
Sächſiſcher Hoff-Rath, und Reſident, auch in
den
J

den Abel-Standt erhoben, und 1748. Raths-Herr zu Franckfurt am Mayn.

S. Neues Gelehrtes Europa IXter Theil. S.
187-193.

352) Ohlius (Iacob. Henricus)

I. U. Doctor, und Königl. Preußischer Hoff-Gerichts-Rath zu Königsberg; Gebohren daselbst A. 1715. den 12. November, studirete zu Königsberg und Halle, und ward allhier 1740. I. U. Doctor, 1741. zu Königsberg Professor Iuris Extraordinarius, und Hoff-Halß-Gerichts-Assessor, A. 1747. Hoff-Gerichts-Rath, und A. 1749. Inspector der Gröbenschen Stipendiaten, legte aber A. 1751. die Inspection und Profession nieder.

S. Arnolds Historie von der Universität Königsberg.
IIten Theil. S. 279. u. f. und desselben Zusätze. S. 52.

333) Olynche (Michael)

I. U. Doctor, und Professor Iuris & Historiarum Ordinarius auf der Universität zu Wien.

334) d' Orimini.

ICtus und Antecessor auf der Universität zu Neapolis.

335) Orth (Georg. Heinrich)

I. U. Licentiatus, und Burger-Meister der Kayserl. Freyen-Reichs-Stadt Heilbronn; Ist daselbst A. 1699. gebohren, studirete seit 1716.

zu

zu Jena, ward allba A. 1725. I. U. Licentiatus,
und endlich Burgermeister zu Heilbronn.

336) Orth (Jo. Philippus)

J. U. Doctor, und jüngerer Burggraf der Hoch-
Adel. Gesellschaft Frauenstein zu Franckfurt am
Mayn; Gebohren daselbst, studirete zu Halle,
ward allba A. 1720. I. U. Doctor, und gelangete nachhero zu obiger Bedienung.

P.

337) Pælike (Carolus Fridericus)

I. U. Doctor, und Adjunctus der Juristen-
Facultät zu Helmstädt; Gebohren zu Wißmar,
studirete zu Helmstädt, ward allba A. 1762. I.
U. Doctor, und A. 1763. Adjunctus der Juristen-Facultät.

338) Pajon.

Ein berühmter Parlaments-Advocat zu Paris.

339) Papius (Io. Hermann. Petrus Fran-
ciscus)

1 U. Doctor, Comes Palat. Cæsar. hæredita-
rius, Fuldaischer Hoff-Rath, und Professor Ordinarius Iuris Publici & Constitutionum Imperialium auf der Universität zu Fulda.

340) Paschafius.

ICtus & Antecessor Salamanticus.

341) Pauli (Carolus Fridericus)

Phil. & I. U. Doctor, und Profeſſor Hiſtoriarum & Philoſophiæ Ordinarius auf der Univerſität zu Halle; Gebohren A. 1723. den 4.
September zu Saalfeld in Preuſſen, ſtudirete zu
Königsberg und Halle, ward auf letzterer Univerſität 1747. I. U. Doctor, und auch Magiſter,
ward hierauf 1751. zu Halle Profeſſor Iuris Publici & Hiſtoriarum Extraerdinarius, und 1765.
Profeſſor Hiſtoriarum und Philoſophiæ Ordinarius.

342) Pauli (Martin. Gottlieb)

Phil. & I. U. Doctor, Profeſſor Digeſti veteris Ordinarius, Aſſeſſor des Hoff=Gerichts, des
Schöppen = Stuhls, und der Juriſten=Facultät
auf der Univerſität zu Wittenberg; Iſt A. 1721.
den 11. Januar, zu Lauban in der Ober-Lau-
ſitz gebohren, ſtudirete ſeit 1740. zu Leipzig, ward
allda A. 1745. Magiſter, A. 1747. I. U. Doctor,
A. 1752. Profeſſor Iuris & Hiſtoriarum an dem
Academiſchen Gymnaſio zu Dantzig, A. 1763. zu
Wittenberg Profeſſor Inſtitutionum Ordinarius,
wie auch Aſſeſſor in dem Hoff=Gericht, im Schöp-
pen=Stuhl, und in der Juriſten = Facultät, A.
1764. Profeſſor Digeſti infortiati & novi, und
A. 1765. Profeſſor Digeſti veteris.

343) Pele (Jo. Nicolaus)

I. U. Doctor, und geweſener Profeſſor Iuris
Ordinarius auf der Univerſität zu Roſtock. Er
ſt

ift von Geburt ein Mecklenbürger, warb A. 1750.
zu Roſtock I. U. Doctor, und A. 1751. allda
Profeſſor Iuris Ordinarius; Er fiel aber nach
einigen Jahren in eine Blödſinnigkeit, und konte
alſo ſeiner Profeßion nicht weiter verſtehen.

344) Peregrini (Jo. Dominicus)

I. U. Doctor, Salꜩburgiſcher würcklicher Hoff-
Rath, und Profeſſor Pandectarum Ordinarius
auf der Univerſität zu **Salꜩburg.**

345) Perellus (Zenobius)

Ein ICtus zu *Arezzo.*

346) Pesnelle.

Ein Parlaments-Advocat zu *Rouen.*

347) Peſtel (Fridericus Wilhelmus)

Iur. U. Doctor, und Profeſſor Iuris Naturæ & Publ. Rom. Germ. Ordinarius, auf der
Univerſität zu **Leyden;** Iſt A. 1724. zu Rinteln gebohren, ſtudirete auch ſeit 1739. daſelbſt
und zu Göttingen, warb zu Rinteln 1745. I. U.
Licentiatus, 1747. Profeſſor Moralium Ordinarius, 1748. I. U. Doctor, und auch in ſelbigem
Jahre, mit Beybehaltung der Profeßionis Moralium, Profeſſor Iuris Ordinarius, und 1764.
Profeſſor Iuris Naturæ & Publ. Rom. Germ.
Ordinarius auf der Univerſität zu **Leyden.**

348) Picker (Iohann.)

I. U. Doctor, und Profeſſor Regius am Collegio Thereſiano zu **Wien.**

J 3   S. I. Ev-

S. 1) Erlangische Gelehrte Beytråge. 1750. Woche
41. S. 647. 2) Allern. Nachr. von Jurist.
Büchern ꝛc. Band VII. S. 269.

349) Piper (F.... G....)

Königl. Preußischer Kriegs- und Domainen-
Rath bey der Mindisch-Ravensberg-Teck-
lenburg- und tingischen Kriegs- und Domai-
nen-Cammer, auch Director des Collegii Medici Provincialis zu Minden.

350) Pistor (Io. Christoph.)

I. U. Licentiatus, und Advocatus Ordinarius auch Procurator bey der Fürstl. Hessen-
Darmstädtischen Regierung zu Giesen: Ist
daselbst A. 1725. gebohren, studirete auch seit
1744. in seiner Vater-Stadt, und ward allba
1750. I. U. Licentiatus, und auch in selbigem
Jahre Advocatus Ordinarius und Procurator.

351) von Pistorius (Wilh. Fridericus)

ICtus, des Reichs-Gräflich-Wetterauisch-und
Fränckischen Collegii würcklicher Geheimbder-
Rath, und Reichs-Tags-Gesandter zu Regens-
spurg: Ist A. 1702. den 24 Julius zu Wei-
ckersheim im Hohenlohischen gebohren, studirete zu Jena und Giesen, war nachhero in Rinteln Hofmeister bey einem Grafen von Rechtern,
ward 1729. Hoff-Rath bey dem Reichs-Grafen
von Erbach, wobey er auch zu gleicher Zeit zu
Hohenlohe-Weickersheim als würcklicher Hoff-
Rath,

Rath, und mit der Expectanz auf das Cantzley-
Directorium stund, und hat von 1734 an mehrentheils denen Fränckischen Crayß-Tägen als
Gesandter beygewohnet; Führete von 1735 an
den Adel-Stand, welcher von Käyserl. Majest.
Carl dem VI. seinem seel. Herrn Vater war conferi-
ret worden, ward sodann Gräfl. Erbachischer würcklicher Cantzley-Director, 1739. Erbachischer
Gemeinschafftlicher Geheimbder-Rath, und nach
wenig Jahren des Reichs-Gräfl. Wetterauisch-
und Fränckischen Collegii würcklicher Geheimbder-Rath, und Reichs-Tags-Gesandter zu Re-
gensburg.

352) Platner (Fridericus)

Phil. & I. U. Doctor, Churfürstl. Sächsischer
würcklicher Appellations-Rath, Professor Institutionum Publicus Ordinarius auf der Universität Leipzig, und der Juristen-Facultät Assessor; Ist A. 1736. den 5 Julius zu Leipzig
gebohren, studirete allhier seit 1748. ward allda
1751. Magister, 1752. I. U. Doctor, und auch in
selbigem Jahre Professor Iuris Extr.ordinarius,
1762. Churfürstlich Sächsischer würcklicher Appellations-Rath, und Professor Codicis Substitutus des
Hrn. D. Künholds, auch desselben Assessor Substitutus in der Juristen-Facultät, 1764 Professor
Ordinarius Tit. de Verb. Sign. & de Reg. Iuris,
auch Assessor Ordinarius der Juristen-Facultät,
und 1765. Professor Institutionum Ordinarius.

S. auch Nützliche Nachrichten von den Bemühungen
derer Gelehrten, und andern Begebenheiten in
Leipzig; Auf das Jahr 1752. S. 140. u. f.

353)

353) Plato, sonst Wild genannt (Georg. Gottlieb)

ICtus, erster Syndicus und Stadtschreiber in der freyen Reichs-Stadt Regenspurg; Ist gebürtig von Regenspurg, studirete erst zu Strasburg, und ward allda von einem, Nahmens Plato, adoptiret, da er vorhero Wild geheissen, studirete nachhero zu Leipzig, und ist endlich in seiner Geburths-Stadt erster Syndicus und Stadtschreiber worden.

354) Plaz (Georg. Christoph.)

I. U. Doctor, Churfürstl. Sächsischer Hoff-Rath, und Pro-Consul zu Leipzig; Ist daselbst 1705, den 3ten April gebohren, studirete auch seit 1722 in Leipzig, und ward allda 1727, Rathsherr, und auch in selbigem Jahre I. U. Doctor, 1740 Stadt-Richter, 1742 Hoff-Rath auch Assessor im Ober-Hoff-Gerichte und im Consistorio, und endlich Pro Consul der Stadt Leipzig.

355) Edler von Ploennies (Georg. Fridericus)

Des Heil. R. R. Ritter, I. U. Doctor, und Advocatus Ordinarius bey dem Reichs-Cammer-Gericht zu Wetzlar; Gebürtig von Wesel, ward zu Giessen 1738. I. U. Doctor, und 1739. den 17 Julius Advocatus Ordinarius bey dem Reichs-Cammer-Gericht zu Wetzlar; Nachher ist er auch des H. R. Reichs Ritter worden.

356)

356) von Pöck (Frid. August.)

Oeffentl. Lehrer des Staats-und Lehn-Rechts in dem Collegio Theresiano zu Wien, ward ben 3. November 1746. hierzu ernennet.

S. Allgem. Nachr. von Jurist. Büchern re. Band VI. S. 636.

357) Polac (Io. Fridericus)

I. U. Doctor, Professor Ordinarius der Rechte, der Mathematik, Oekonomie-Policey-und Cameral-Wissenschaften, Beysitzer der Juristen-Facultät, und Mitglied der Königl. Preußischen Societät der Wissenschaften, zu Franckfurt an der Oder; Gebohren A. 1700. den 28. November zu Bernstadt in der Ober-Lausitz, studirete von A. 1718. zu Leipzig, und von A. 1721. zu Franckfurt an der Oder, allwo er A. 1727. I. U. Doctor, A. 1730. Professor Juris Extraordinarius, A. 1733. Professor Mathematum Ordinarius, A. 1755. Professor Juris Ordinarius, und Assessor der Juristen-Facultät, und A. 1758. Professor der Oeconomie-Policey-und Cameral-Wissenschaften ward.

358) Prætorius (Io. Philippus)

I. U. Doctor, und Professor Iuris Ordinarius auf der Universität zu Trier.

369) Prechtl (Conrad. Aloysius)

ICtus. und Churfürstl. Bayerischer Regierungs-Rath zu Straubingen; War vorhero
J 5   bey

bey daſiger Rezierung Secretarius, und Ober-
Regiſtrator.

360) Preuſchen (Georg. Erneſt. Ludovicus

I. U. Licentiatus, Baaden = Durlachiſcher
Hoff=Raths=auch Kirchen=Raths=und Ehe=Ge-
richts=Aſſeſſor zu Carlsruhe; Warb A. 1752.
zu Marburg I. U. Licentiatus, gieng hierauf noch
in ſelbigem Jahre nach Gieſen, wo er Academiſche
Vorleſungen hielt, und kam bald hierauf zu ſeinen obgedachten Aemtern zu Carlsruhe.

361) Prugger (Io. Joſephus)

I. U. Doctor, und Profeſſor Pandectarum,
Codicis & Juris Bavarici Judiciarii Ordinarius
auf der Univerſität zu Ingolſtadt.

362) Pryſſ (Olaus)

I. U. Doctor, und Profeſſor Juris Ordinarius
auf der Univerſität zu Abo.

363) von Puſendorf (Frideric. Eſaias)

JCtus, und Königl. Groß=Britanniſcher, und
Chur=Braunſchweig=Lüneburgiſcher Ober=Ap-
pellations=Gerichts=Rath zu Zelle; Iſt daſelbſt
gebohren, ſtudirete zu Helmſtädt und Marburg,
warb hierauf Hoff=Gerichts=Aſſeſſor, und A.
1739. würckl. Ober=Appellations=Gerichts=Rath
zu Zelle.

354) Püt-

364) Pütter (Io. Stephanus)

I. U. Doctor, Königl. Groß-Britannischer, und Chur-Braunschweig-lüneburgischer Hoff-Rath, Professor Iuris Publici Ordinarius und Assessor der Juristen-Facultät zu Göttingen; Gebohren A. 1725. den 25. Junius zu Iserlohn in der Grafschafft Marck in Westphalen, studirete seit Ostern 1738. zu Marburg, seit Michaelis 1739. zu Halle, seit Michaelis 1741. zu Jena, von da er um Michaelis 1742. mit dem jetzigen Herrn Vice-Cantzler, Estor, der damahls von Jena nach Marburg beruffen ward, wieder nach Marburg gieng. Hier fieng er um Ostern 1743. an zu advociren, und zugleich den Herrn Burg-grafen von Kirchberg, (nachherigen Reichs-Hoff Rathe, und dermahligen Cammer-Gerichts-Präsidenten,) der damahls zu Marburg studi-rete, verschiedene Theile der Rechts-Gelehrsam-keit vorzutragen, und, nachdem er im April 1744. I. U. Licentiatus worden, seit Ostern 1744. öf-fentliche Vorlesungen zu halten; Führete auch immittelst verschiedene Processe an beyden höch-sten Reichs-Gerichten, die ihm Anlaß gaben, öf-ters so wohl nach Wetzlar, als an das damahlige Kayserl. Hoff-lager nach Franckfurt kleine Rei-sen zu thun, wie er denn auch A. 1745. der Wahl und Krönung des ohnlängst verstorbenen Kay-sers, Francisci I. beywohnete. Als er hierauf im Junius 1746. als Professor Iuris Extraordi-narius nach Göttingen beruffen ward, brachte er, in Gefolg einer dabey genommenen Abrede, seit dem September 1746. noch 8. Monathe zu

Wetz-

Wetzlar, und (in Gesellschaft Herrn Julius
Melchior Struben, und Herrn Johann
Philipp Conrad Falck, jetzigen Hoff-Räthen
zu Hannover,) nach einigen unterweges zu Franckfurt, Worms, Mannheim, Heydelberg, Heilbronn, Stuttgard, Tübingen, und bey der damahligen Crayß-Versammlung zu Ulm gemach-
ten Aufenthalte, 1. Monath zu Regenspurg, und
gegen 3. Monathe zu Wien zu; Von da er über
Prag, Dreßden, Leipzig, Wittenberg, Potsdam,
Berlin, Magdeburg, Helmstädt, Braunschweig
und Hannover, nach Michaelis 1747. zu Göttingen ankam. Hier ward er ferner 1748. den
1. August, mit Bewilligung der Marburgischen
Juristen-Facultät, I. U. Doctor, sodann im
April 1749. ausserordentlicher Beysitzer der
Juristen-Facultät, und im December 1753.
Professor Iuris Ordinarius: Und nachdem er
mit Genehmigung Königl. Regierung in Angelegenheiten der Stadt Hamburg im May 1754.
eine Reise nach Hamburg gethan, sodann den
übrigen Theil dieses Sommers zu Wetzlar, wie
auch zu Franckfurt, Darmstadt, Maynz, Wiß-
baden, Schwalbach und Schlangenbad zugebracht, erhielt er ferner im September 1755.
die vierdte ordentliche Stelle in der Juristen-Facultät, ingleichen im Junius 1757. die durch des
Hoff-Rath, Schmaussens, Todt erledigte Pro-
fessionem Iuris Publici, und im December 1758.
den Hoff-Raths-Titel. Seit dem war er mit
Königl. Genehmhaltung von Ostern 1762. bis
Ostern 1763. zu Gotha, um daselbst des Herrn
Erb-

Erb-Prinßen, wie auch des Prinßen, Augusts, Hoch-Fürstl. Durchl. die Reichs-Historie und das Staats-Recht vorzutragen; Und von der Mitte des Februar, bis in die Mitte des Aprils 1764. war er mit der Königl. Wahl-Botschaft bey der Römischen Königs-Wahl zu Franckfurt.

S. Herr HR. Pütter selbst, in seinem Versuche eines Academischen Gelehrten-Geschichte von der Univer-sität Göttingen. §. 71. S. 142. 147.

365) Püttmann (Josias Ludovicus Ernestus)

J. U. Doctor, und Professor Iuris Extraordinarius auf der Universität zu Leipzig; Gebohren A. 1730. zu Ostrau. studirete seit 1748. zu Leipzig, ward A. 1754. I. U. Candidatus, wie auch Notarius, desgl. Advocatus, A. 1761. zu Leipzig I. U. Doctor, und A. 1765. Professor Iuris Extraordinarius.

S. Ferd. Aug. Hommelii Progr. Quando Jusjurandum deferendi licentia ceset. Lipsiæ 1761. Ad ejus Disputationem Inauguralem.

Q.

366) Quistorp (Io. Christian.)

I. U. Doctor, und Privat-Docent zu Rostock; Ist zu Rostock gebohren, und ein Sohn des nun verstorbenen berühmten Rostockischen Medici D. Io. Bernhard, Quistorps, ward zu Rostock I. U. Doctor.

367) Qui-

367.) Quiſtorp (Theodorus Iohann.)

I. U. Doctor, und Advocatus Ordinarius bey dem Königl. Schwediſchen Tribunal zu Wißmar; Iſt zu Roſtock gebohren, woer A 1744. in Doctorem promoviret, begab ſich nachher nach Wißmar, wo er Advocatus Ordinarius bey dem daſigen Tribunal geworden.

.R.

368) Rabe (Io. Iuſtus)

I. U. Licentiatus, und Advocatus zu Marburg; Iſt daſelbſt gebohren, und ward auch allda A. 1754. I. U. Licentiatus.

369) Raillard (Ieremias)

I. U. Doctor, und Profeſſor Eloquentiae Ordinarius auf der Univerſität zu Baſel.

370) Rave (Iocobus)

Phil. & J. U. Doctor, auſſerordentlicher Lehrer der Philoſophie, des Herzog. Sächßl. geſammten Hof-Gerichts Advocat, zu Jena, und der Teutſchen Geſellſchaft daſelbſt ordentliches Mitglied; Gebohren A. 1736. den 4 December zu Otterndorf im Lande Habeln, ſtudirte ſeit 1756. zu Jena, und ward allda 1761. J. U. Doctor, nachhero Philoſophiä Magiſter, hierauf Hof-Gerichts Advocat, und zu Anfange des Jahres 1766. auſſerordentlicher Lehrer der Philoſophie.

S. Chriſt. Gottl. Buderi Progr. De veruſta origine Sub-Feudorum, eorumque neceſſitate. Ienae 1761. Ad ejus Diſputationem Inauguralem.

371) Rei-

371) Reichardt (Io August)

I. U. Doctor, und priva Docent zu Jena; Gebohren A. 1741. den 3 April zu Remda bey Jena, studirete seit 1758. zu Jena, und ward allba 1763. I. U. doctor, worauf er angefangen, Academische Vorlesungen zu halten.

S. Chrift. Gotsl. Buderi Progr. Ucum, Quo Obfervationis particulam, Formulam Ducatus Saxoniae & Weftphaliae ꝛc. imperante Friderico Ahenobarbo, Aug. ac fub Barnhardo, Afcanio, & Philippo, Archi - Epifcopo Coforienfi, fiftit. Ienae 1763. Ad ejus Difputationem Inauguralem.

372) Reineccius (Ioachim. Iocobus)

I. U. Doctor, zu Halle; Gebohren A. 1697. zu Mühlingen in der Graffchaft Barby, ward 1730. zu Erfurt I. U. Doctor, hierauf Advocatus in Dreßden, und war der löbl. Gefellfchaft der Chriftl. Liebe und Wiffenfchaften bafelbft Adjunctus. Wendete fich 1757. nach Halle.

373) Reinhard (Io. Iacobus)

ICtus, und Baaden - Durlachifcher würkli-cher Geheimber-Rath zu Carleruhe; Gebohren A. 1714. den 17 September zu Dietz, ftudirete feit 1731. zu Halle, ward allba 1734. I. U. Licentiatus, und in felbigem Jahre Affeffor bey der Naffauifchen Regierung zu Dietz, 1740. Gräfl. Wiebifcher Rath, 1741. Solms-Hohenfolmfifcher Regierungs-Rath, 1743. Baaden-Durlachifcher Hoff-Rath, 1758. Geheimbder-Hoffe Rath, und nachhero würkl. Geheimbber-Rath.

374) Reinmann (Io. Georg.)

I. U. Doctor, Gräfl. Reuß-Plauifcher Gemeinfchaftlicher erfter Hoff-Juftiz-und Confiftorial-
Rath,

Rath = auch Profeſſor Inris Ordinarius an dem
Gymnaſio zu Gera; Ward 1721. zu Erfurt
J. U. Doctor, und war damahls Saalfelbiſcher
Advocat, nachſtro ward er Hoff Juſtiz = und Conſiſtorial = Rath zu Gera, und 1741. Profeſſor
Iuris an dem deſigen Gymnaſio.

375) Reitz (Wilhelm. Otto)

J. U. Doctor, Lector am Gymnaſio, und
Rector der Stadt = Schule zu Middelburg;
Gebohren A. 1702. den 20 Julius zu Offenbach am Rhein, ward 1721. ordentlicher Praeceptor zu Cleve, 1722. kam er an die Schule zu
Rotterdam, ward 1736. zu Utrecht J. U. Doctor,
wie auch Lector, oder, Profeſſor Iuris, und
Pro = Rector der Schulen zu Middelburg, und
1741. Rector.

S. Neues Gelehrtes Europa. IIIten Theil. S.
846. 854.

376) Rentz (Günther Albrecht)

ICtus, und Würtembergiſcher Geheimbder=
Rath zu Stuttgard; Iſt A. 1704. den 6
Februar, zu Benningheim in Schwaben gebohren, ſtudirete zu Tübingen, ward allda Inſpector des Stipendii Martiniani, worben er Collegia Iuridica hielte; Ward 1725. Hoff = Gerichts=
Advocatus, 1729. Gräfl. Erdvenitz = Limburgiſcher Cantzlen = Rath, 1731. zu Tübingen J. U.
Licentiatus, und Profeſſor im Collegio Illuſtri,
1737. Regierungs = Rath zu Stuttgard, nachher
Hoff = Gerichts = Benſitzer zu Tübingen, und endlich Geheimbder = Rath zu Stuttgard.

377) Reu-

377) Reuter (Io. Hartwig)

I. U. Doctor, und Königl. Preußischer Geheimbder = Tribunals = Rath zu Berlin; Ist im Mecklenburgischen gebohren, studirete zu Halle, und ward daselbst 1747. I. U. Doctor, 1751. Professor Iuris Extraordinarius, hierauf 1752. Cammer = Gerichts = Rath zu Berlin, und 1763. Geheimbder = Tribunals = Rath.

378) von Rheden. (Iohann.)

I. U. Doctor, und Professor Iuris am Gymnasio zu Brama, seit 1736.

379) Riccius (Christian. Gottlieb)

Professor Iuris Ordinarius, Syndicus und Secretarius der Universität Göttingen; Gebohren A. 1697. den 12 Januar, zu Bernstadt in der Ober=Lausiß, studirete seit Michaelis 1716. zu Leipzig, ward 1721. zu Dreßden als Advocatus immatriculiret, begab sich aber nachher nach Gotha, wo er viele Jahre als Hofmeister junger Herren gelebet, wie er denn auch in dergleichen Station einige Zeit zu Halle und Altdorf, auch sonst 2 Jahre zu Berlin zugebracht. 1744. ward er Professor Iuris Extraordinarius und Syndicus der Universität zu Göttingen, hernach 1747. auch Universitäts=Secretarius, und 1753. Professor Iuris Ordinarius.

S. Herrn HR. Pütters Versuch einer Academischen Gelehrten = Geschichte von der Universität Göttingen. §. 70. S. 140. u. f.

380) Richard (Chriſtian. Ludovicus)

I. U. Doctor, und Senator bey dem Stadt-Rath zu Göttingen; Gebohren A. 1728. den 26 April zu Neuwied, ſtudirete ſeit Michaelis 1747. zu Göttingen, und ward 1756. daſelbſt I. V Doctor, 1763. ward er Senator bey dem Stadt-Rath zu Göttingen. Er giebt Unterricht in der Frantzöſiſchen und Italiäniſchen Sprache, und lieſet privatiſſime über verſchiedene Theile der Rechtsgelehrſamkeit.

S. Herrn HR. Pütter, am angez. Orte. §. 105. S. 200.

381) Richter (Jo. Tobias)

Phil & I. U. Doctor, Profeſſor Iuris Saxonici Ordinarius, und des kleinen Fürſten Collegii Collegiat zu Leipzig; Gebohren A. 1715. zu Triebel in der Nieder-Lauſitz, ſtudirete ſeit 1737. zu Leipzig, ward allda 1743. Magiſter, 1744. I. U. Doctor, 1750. Profeſſor Iuris Extraordinarius, 1751. Collegiat des kleinen Fürſten-Collegii, und 1756. Profeſſor Iuris Saxonici Ordinarius.

382) von Riegger (Paul. Joſephus)

I. U. Doctor, Kayſerl. Königl. Hoff-Rath, und Profeſſor S. S. Canonum Ordinarius auf der Univerſität zu Wien, auch Mitglied der gelehrten Geſellſchafft zu Roveredo. Er war vorhero Profeſſor Iuris Publici, Naturæ, Gentium & Hiſtoriæ Germanicæ auf der Univerſität zu Inſpruck.

383)

383) Ritter (Io. Daniel)

Phil. & I. U. Doctor, Churfürstl. Sächsischer Hoff - Rath, Professor Historiarum, Moralium & Politices Ordinarius, und Professor Iuris Publici Extraordinarius auf der Universität zu Wittenberg, wie auch Director des Academischen Bücher-Vorraths; Ist A. 1709. den 16. October zu Schlantz bey Breßlau gebohren, studirete seit 1730. zu Leipzig, ward allda 1732. Magister, 1735. daselbst Professor Philosophiæ Extraordinarius, 1742. zu Wittenberg Professor Historiarum Ordinarius, und auch in selbigem Jahre Hoff-Rath, 1748. zu Göttingen I. U. Doctor, 1755. Professor Iuris Publici Extraordinarius, und 1762. über obige Professiones zugleich auch Professor Moralium & Politices.

384) Rivinus (August. Florens)

Phil. & I. U. Doctor, Erb-Lehn-und Gerichts-Herr zu Neumuckershausen, Decanus des Dom-Capituls zu Wurtzen, und Senior der Juristen-Facultät zu Leipzig; Ist zu Leipzig 1707. den 31 Januar gebohren, studirete daselbst seit 1723. ward auch allhier 1724. Magister, 1727. I. U. Doctor, und bald darauf Advocatus im Ober-Hoff-Gerichte, und im Consistorio, 1741. Canonicus im Stiffte-Wurtzen, und nachher Decanus deßelben; 1749. Assessor der Juristen-Facultät zu Leipzig, und 1765. Senior derselben.

385) de la Roche.

Aeltefter *Doctor* und Profeffor der Juriften=
Facultæt zu *Paris*; Ward, nebft feinem Colle-
gen, dem *D.* Craffous, wegen der Adhæfion des
Piovincial - Concilii zu Utrecht, A. 1764. in
das Exilium verwiefen.

386) Rönberg (Iacob Fridericus)

I. U. Candidatus, und privat *Docent* zu
Roftock.

387) Rofatus (Antonius)

Ein ICtus zu Piftoja.

388) Rosmann (Andreas Elias)

Phil. & J. U. Doctor, Comes Palat. Cæfar.
Marggräfl. Culmbachifcher Hoff=Rath, Profeffor
Iuris & Hiftoriarum *Primarius* auf der Univerfi-
tät zu Erlangen, und des dafigen Gymnafii
Scholarcha; Ift A. 1708. den 20. December
zu Halle gebohren, ftudirete allda feit 1728.
und ward auch dafelbft 1736. Magifter, 1740.
I. U. Doctor, 1743. Marggräfl. Culmbachifcher
Hoff=Rath, und Profeffor Juris & Hiftoriarum
Ordinarius auf der damahls neu angelegten Uni-
verfität Erlangen, 1745. Profeffor Juris *Pri-
marius*, und 1748. Comes Palat. Cæfar.

389) Rudloff (Erneftus Auguftus)

I. U. Doctor, und Herzoglich Mecklen-
burgifchen Hoff = Rath, zu Roftock; Gebohren A. 1712. den 22. Julius zu Magdeburg,
ftudi-

ſtudirete ſeit 1727. zu Halle, und ſeit 1731, zu
Wittenberg, ward 1732. Hofmeiſter bey zwey
jungen Herren von Bülow, und 1734. bey einem
jungen Herrn von Lehſten; Hierauf begab
er ſich 1739. nach Roſtock, und ward in denen
Angelegenheiten derer Mecklenburgiſchen Lands
Ständte gebrauchet, iedoch wehleten ihn in eben
demſelben Jahre die Ständte des Herzogthums
Lauenburg zu ihrem Syndicus; Allein er qvitti-
rete dieſe Stelle wiederum 1740. und ward Syndicus derer Mecklenburgiſchen Land-Stände. 1741.
wollte er den gradum Doctoris auf der Univerſität Roſtock annehmen; Wegen gewiſſer Hinder-
niße aber ließ er ſich dieſe Doctor-Würde in
eben demſelben Jahre zu Greifswald ertheilen.

S. *de Balthaſar Progr. Vtum*, De ICtis Gryphis-
waldenſibus. Gryphisw. 1741.

390) Rudolph (Io. Chriſtoph.)

Phil. & I. U. Doctor, Profeſſor Juris Ordinarius zu Erlangen, Mitglied der Chur-Maynßiſchen Academie nützlicher Wißenſchafften zu Erfurt, und Ehren-Mitglied der Erlangiſchen Teutſchen Geſellſchafft; Gebohren zu Marburg A.
1726. den 5. November, ward zu Erlangen
1753. Magiſter, 1754. Profeſſor Iuris & Philoſophiæ Extraordinarius, 1755. Mitglied der
Academie zu Erfurt, 1756. I. U. Doctor, 1758.
Profeſſor Iuris Ordinarius, und 1760. Ehren-
Mitglied der Erlangiſchen Teutſchen Geſellſchafft.

391) Rücker (Jo. Conradus)

I. U. Doctor, Profeſſor Iuris Civilis Ordinarius auf der Univerſität **Leyden**, und Secretarius der Janus-Stolpiſchen Stifftung. Gebohren A. 1702. zu **Windsheim** in Francken,
ward 1733. zu Leyden Lector, oder, Profeſſor
Iuris Extraordinarius, und 1734. Profeſſor Iuris Civilis Ordinarius.

392) Rücker (Jo. Gerhard Chriſtian.)

I. U. Doctor, und Profeſſor Iuris Ordinarius auf der Univerſität zu **Utrecht**; Gebohr-
ren A. 1722. zu **Windsheim** in Francken,
ward 1751. zu Leyden I. U. Doctor, 1752. zu
Gröningen Profeſſor Iuris Ordinarius und 1760.
zu Utrecht Profeſſor Iuris Ordinarius.

S. Neues Gelehrtes Europa. IXter Theil. S. 76. u. f.

393) Rumpel (Hermann Erneſt.)

Phil. & I. U. Doctor, Profeſſor Iuris Extraordinarius auf der Univerſität **Erfurt**, Director des daſigen Evangeliſchen Raths Gymnaſii, Mitglied der Kayſerl. Academiæ Naturæ
Curioſorum, Bibliothecarius und Secretarius der
Chur-Maynßiſchen Academie nützlicher Wißenſchafften; Gebürtig von Erfurt, ward daſelbſt 1759.
I. U. Doctor, nachher Director des Gymnaſii,
Mitglied der Käyſerl. Academiæ Naturæ Curioſ.
Bibliothecarius, Secretarius der Chur-Maynßiſchen Academie nützlicher Wiſſenſchafften, und
1765. Profeſſor Iuris Extraordinarius.

394)

394) Runge (Dietericus)

I. U. Doctor, und Professor Juris an dem Gymnasio Academico zu **Bremen**; Ist daselbst gebohren, studirete zu **Göttingen**, ward daselbst A. 1751. I. U. Doctor, und in selbigem Jahre Prof. ssor Iuris zu Bremen.

S.

395) Salig (Io. Christian.)

Phil. & I. U. Doctor, und **Bürgermeister** zu **Zeitz**; Gebohren zu **Melsen** ohnfern **Weißenfelß**, studirete seit 1711. zu Leipzig, ward allda 1714. **Magister**, 1722. zu **Halle** J. U. Doctor, 1727. zu **Zeitz** Stadt-Richter, und 1741. **Bürgermeister**.

396) Saltzmann (Gottfried Iustus Wilhelm.)

I. U. Doctor, und privat-Docent zu **Jena**; Gebohren daselbst, 1740. den 28 Jul. ward 1765. zu **Jena** I. U. Doctor, und hält Juristische Vorlesungen.

397) Sammet (Io. Gottfried)

I. U. Doctor, und privat-Docent zu **Leipzig**; Ist daselbst A. 1719. den 26 August gebohren, ward ein Soldat, studirete aber nachher seit 1739. zu **Leipzig**, allwo er 1746. I. U. Doctor ward, und Academische Vorlesungen hält.

 398)

398) Schacher (Quirinus Gottfried)

Phil. & I. U. Doctor, ältester Ober = Hoff=
Gerichts = und Consistorial - Advocatus, auch
Stadt = Richter zu Leipzig; Gebohren allda
A. 1713. studirete seit 1730. zu Leipzig, und
seit 1732. zu Wittenberg, allwo er auch 1733.
Magister warb, gieng auf Reisen, warb 1735.
zu Leipzig I. V. Licentiatus, 1737. I. V. Do-
ctor, 1740. Ober=Hoff=Gerichts=und Consisto-
rial-Advocatus, 1749. Raths=Herr, und 1759.
Stadtrichter.

399) Scheidemantel (Henric. Godofr.)

I. V. Doctor, und der Lateinischen Gesellschafft
zu Jena Secretarius; Ist 1742 zu Gotha geboren, studirete zu Jena, warb baselbst der Lateinischen
Gesellschafft Secretarius, und A. 1765. I. V. Doctor. Hält in Jena Juristische Vorlesungen.

400) von Schellwitz (Iustus Christian. Ludovic.)

Iur. V. Doctor, zu **Wittenberg**; Ist zu
Roßla in Thüringen gebohren, und ein Sohn
des ehemaligen Reichs = Cammer=Gerichts Bey=
sitzers zu Wetzlar, studirete zu Göttingen, warb
allba A. 1760. I. V. Doctor, worauf er sich nach
hergestellten Frieden nach Wittenberg gewendet,
allwo er auch unter andern Juristische Vorlesun=
gen hält.

401) Schepler (Caspar Gottfried)

I. V. Doctor, und P. ofessor Iuris Civilis &
Canonici bey der Ritter = Academie zu **Liegnitz**;
Geboh=

Gebohren zu Aurich in Ost-Frießland, studirete zu Halle, ward daselbst A. 1752. I. V. Doctor, und 1754 Professor Iuris Civilis & Canonici auf der Ritter-Academie zu Liegnitz.

402) Schierschmidt (Io. Iustinus)

Phil. & J. U. Doctor, Hoch-Fürstl. Brandenburg-Culmbachischer Hoff-Rath, und Professor Iuris & Philosophiæ Practicæ Ordinarius auf der Universität zu Erlangen; Ist A. 1707. den 27 December zu Gotha gebohren, studirete seit 1727. zu Jena, und seit 1730. zu Marburg, ward 1732 zu Erfurt Magister, gieng 1733 nach Leipzig, wo er Philosophische und Mathematische Vorlesungen hielt, ward 1734 zu Halle I. U. Doctor, worauf er auch in Leipzig Juristische Collegia laß, gieng 1737 nach Jena, und ward daselbst 1738 Adjunctus der Philosophischen Facultät, und noch in selbigem Jahre daselbst Professor Philosophiæ Extraordinarius, kam 1744 nach Erlangen als Professor Iuris & philosophiæ practicæ Ordinarius, und erhielt 1745 den Hoff-Raths-Titul.

403) Schiltenberger (Francisc. Joseph.)

I. U. Doctor, Churfürstl. Bayerischer würcklicher Rath der Regierung zu Burghausen, und Professor Iuris Ordinarius auf der Universität Ingolstadt, seit 1759.

404) Schinemann (Georg. Theodor.)

I. U. Doctor, Königl. Preußischer Hoff- und Criminal-Rath, und Professor Iuris Extraordinarius

R 5

rius

rius auf der Univerſität zu **Königsberg**; Iſt
daſelbſt A. 1718 den 25 Januar gebohren, ſtudirete allda, und zu Halle, und allhier ward er
1742. I. U. Doctor, 1745. zu Königsberg Hoff
Rath, und Hof=GerichtsAdvocatus, 1746.
Profeſſor Iuris Extraordinarius, und Hof=Halß=
GerichtsAſſeſſor, und 1752 CriminalRath.

S. Arnoldts Hiſtorie der Univerſität Königsberg IIten
Theil S. 280. u. ſ. und deſſelben Zuſäge S. 52.

405) Schlegtendal (Frideric. Gottfr.)

I. U. Doctor, und Profeſſor Iuris Ordinarius
auf der Univerſität zu **Duisburg**; Gebohren
zu **Lingen** A. 1730 im Monath Julius, ſtudirete ſeit 1749. zu Duisburg, und ſeit 1750
zu Franckfurt an der Oder, ward 1752 zu Duisburg I. U. Doctor, und noch in ſelbigem Jahre
daſelbſt Profeſſor Iuris Ordinarius.

S. Neues Gelehrtes Europa. XIter Theil. S 730-737.

406) Schlichtkrull(Chriſtian. Nicolaus)

I. U. Doctor, und Adjunctus der JuriſtenFacultät auf der Univerſität zu **Greifswald**; Geboheren daſelbſt A. 1736. ſtudirete allhier ſeit 1750.
Ward A. 1756 ConſiſtorialAdvocat, und
auch noch in ſelbigem Jahre bey der Academiſchen
JubelFeyer I. U. D ctor, 1764 aber Adjunctus der JuriſtenFacultät.

S. lab *Æminga Progr.* De obligatione Principis
Succeſſoris ad mutuum ab Anteceſſore ad ſolutionem dotis contractum ſolvendum. *Gryph.*
1756.

407)

407) Schlör (Jo. Georg.)

Doctoratus Theolog. Candid. I. U. Licentiatus, Churfürstl. Mägnßischer Kirchen - Rath,
und öffentlicher aufferordentlicher Lehrer auf der
Universität zu Mäynß. Er bekam diese Bedienungen im Jahr 1765.

408) Schlosgængl von Edlenbach (Francisc. Joseph. Carol.)

I. U. Doctor, Hochfürstl. Saltzburgischer
würcklicher Hof-Rath, und Professor Iuris Publici, Naturæ & Gentium, ut & Codicis Ordinarius auf der Universität zu Salßburg; Ist
A. 1699. in Ober-Oesterreich gebohren, stüdire-
te seit 1717 zu Linß und Wien, ward 1722 zu
Salßburg I. U. Doctor, und 1723 Professor Iuris Publici, Naturæ & Gentium, nec non Codicis Ordinarius, und nachhero auch würcklicher
Hof - Rath.

409) Schmid (Achatius Ludovicus Carolus)

I. U. Doctor, Herzogl. Sachsen = Weimari-
scher würcklicher Geheimer Asistenß - Rath, und
vorher Herzogl. Sachsen-Saalfeld - und Coburgi-
scher Hof-Rath, Professor Pandectarum Ordinarius auf der Universität Jena und Assessor des
dasigen Hof-Gerichts, Schöppen-Stuhls und der
Juristen-Facultät; Ist zu Jena 1725 den 9ten
April

April gebohren, ſtudirete daſelbſt ſeit 1742. gieng
1747 auf Reiſen, ward 1748 zu Jena I. U. Doctor, hielt hierauf Juriſtiſche Vorleſungen, ward
1756 Regierungs- und Conſiſtorial-Rath zu Cos
burg, kam 1763 als Hof Rath, als Profeſſor Inſtitutionum Ordinarius, und als Aſſeſſor des Hof-
Gerichts, Schöppen-Stuhls, und der Juriſten-
Facultät, wiederum nach Jena, und bekam allda 1764. die Profeſſionem pandectarum. Ward
zu Anfange des Jahres 1766 Herzogl. Sachſen-
Weimariſcher würcklich zweyter Geheimbder Aſ-
ſiſtenz-Rath.

410) Schmidt (Benedictus)

I. U. Doctor, Churfürſtl. Bayeriſcher würcklicher Hoff-Rath, Profeſſor Inſtitutionum Ordinarius, auf der Univerſität zu Ingolſtadt,
und Mitglied der Chur-Bayeriſchen Academie der
Wiſſenſchaften zu München; Gebohren A. 1726
den 21 Märtz zu Vorchheim, ſtudirete zu Bamberg und Altdorf, ward 1749 zu Bamberg I. U.
Licentiatus, 1754 daſelbſt Profeſſor Iuris Extraordinarius, 1755 Bambergiſcher Hof-Rath,
1757 Profeſſor Ordinarius der Inſtitutionum,
des Natur- und Völckerrechts, und der Teutſchen Reichs-Staats-Geſchichte, wie auch Aſſeſſor der Juriſten-Facultät, 1759. Mitglied der
Chur-Fürſtl. Bayeriſchen Academie der Wiſſenſchaften, 1761 I. U. Doctor, und hierauf noch
in eben dieſem Jahre, Churfürſtl. Bayeriſcher
würcklicher Hof-Rath, und Profeſſor Inſtitutionum Ordinarius auf der Univerſität zu Ingolſtadt.

411)

411) Schmidt (Joachim. Erdmann.)

Phil. & I. U. Doctor, Herzoglich. Sachsen-
Weymar- und Eisenachischer Hoff-Rath, Professor
Iuris Publici & Feudalis, nec non Historiarum Ordinarius, und Assessor des Hoff-
Gerichts, und der Juristischen, wie auch der Philosophischen Facultät auf der Universität zu Jena; Ist A. 1710. im Monath Julius zu Ahren-
burg in der Marck gebohren, studirete seit 1729
zu Jena und Halle, gieng als Hofmeister junger
Herren auf Reisen, ward sodann 1742 zu Jena
I. U. Doctor, hielt Juristische Vorlesungen, ward
hierauf 1744 Magister, 1755 Professor Iuris
Ordinarius, 1761 Professor Institutionum Ordinarius, und Assessor des Hof-Gerichts der Juristen-Facultät, 1763 Sachsen = Weymar- und
Eisenachischer Hof-Rath, und 1764 Professor
Iuris Publici & Feudalis, ut & Historiarum
Ordinarius, auch Assessor der Philosophischen Fa-
cultät.

412) Schmidt (Jo. Ludovicus)

I. V. Doctor, Professor Iuris Ordinarius, und
Assessor des Schöppen-Stuhls zu Jena; Gebohren A. 1726 den 22 April zu Quedlinburg,
studirete seit 1745 zu Jena, ward allda 1756
I. V. Doctor, 1763 Professor Iuris Extraordinarius, auch Assessor des Schöppen-Stuhls,
und 1765 Professor Iuris Ordinarius.

G. *Heimburgii Progr.* De præscriptione immemo-
riali contra Legem prohibentem valente. *Je-
nae.* 1756.

411)

413) Schmidt (Io. Petrus)

I. U. Doctor, und Mecklenburgischer Geheimbder-Regierungs-Rath zu Schwerin: Gebohren A. 1708. den 20. April zu Rostock. Studirete allda seit 1722. war A. 1726. und 1727. auf Reisen, studirete A. 1728. zu Greifswald, und A. 1729. zu Halle, ward nachher Hofmeister, und gieng abermahls auf Reisen, ward A. 1734. zu Rostock I. U. Doctor, A. 1736. daselbst Professor Iuris Ordinarius, und A. 1751. Geheimbder Regierungs-Rath zu Schwerin.

414) Schminck (Fridericus Christoph.)

ICtus, Hessen-Casselischer Rath, und Archivarius zu Cassel; Gebohren zu Cassel, studirete zu Göttingen, und ward A. 1746. Archivarius, und auch nachhero Rath.

415) Schneid (Ioseph. Ioh. Ignat. Xaver)

I. U. Doctor, Fürstl. Bamberg- und Würtzburgischer Hoff-Rath, und Professor Pandectarum Ordinarius auf der Universität zu Würtzburg. Ist gebürtig von Mannheim, ward A. 1749. zu Würtzburg I. U. Doctor, nachher Fürstl. Fuldaischer Hoff-Rath und Consulent zu Holtzkirchen und Brumbach, kam zu Anfang des Jahres 1766. nach Würtzburg als Professor Pandectarum an des verstorbenen Hoff-Rath Kühleins Stelle.

416) Schœne (Johann.)

I. U. Doctor, und Professor Iuris Primarius an dem Gymnasio Academico zu Bremen. Ist daselbst

daselbst gebohren, warb A. 1723. zu Marburg
I. U. Doctor, und in selbigem Jahre auch Profeſſor Iuris zu Bremen.

417.) Schœpff (Carolus Fridericus).

I. U. Licentiatus, Brandenburg-Onolßbachi-
ſcher Hoff=Rath, und Profeſſor Iuris an dem Gymnaſio Guſtaviano zu Schweinfurt; Iſt daselbst
gebohren, ſtudirete zu Tübingen und Gieſen, warb
allhier A. 1735. I. U. Licentiatus, reiſete ſodann,
und warb A. 1740. Profeſſor Iuris zu Schweinfurt, nachher auch Onolßbachiſcher Rath, und
endlich Hoff=Rath.

418) Schœpff (Wolffgang Adam.)

I. U. Doctor, Herzogl. Würtembergiſcher Rath,
Profeſſor Iuris Primarius, und Senior der Juri-
ſten=Facultät auf der Univerſität zu Tübingen,
auch würcklichen Beyſitzer des Appellations-Gerichts, und des Collegii Illuſtris daselbst; Iſt zu
Schweinfurt A. 1679. den 23. September gebohren, ſtudirete zu Tübingen, warb A. 1703.
daselbst I. U. Doctor, und bald darauf Würtembergiſcher Rath, A. 1713. Aſſeſſor des Würtembergiſchen Appellations-Gerichts, A. 1715. zu
Tübingen Profeſſor Iuris Extraordinarius, A.
1718. Aſſeſſor der Juriſten=Facultät, A. 1727.
Profeſſor Pandectarum & Praxeos Ordinarius,
worbey er die Hoff=Gerichts-Beyſitzer Stelle auf-
gab, A. 1744. Aſſeſſor des höchſten Appellations-
Gerichts, A. 1745. Aſſeſſor in Collegio Illuſtri,
und A. 1746. Profeſſor Iuris Primarius, auch
Senior

Senior der Juriſten-Facultät. Er iſt der älteſte
jetztlebende Rechtsgelehrte, ſowohl in Anſehung
des Alters, als der Promotion.

419) Schorch (Chriſtian Frideric. Immanuel)

I. U. Doctor, Profeſſor Iuris Ordinarius auf
der Univerſität zu Erfurt, und ordentliches Mitglied der Chur-Maynkiſchen Academie nützlicher
Wiſſenſchaften; Er iſt ein Sohn des gleichfolgen-
den, und zu Erfurt A. 1736. gebohren, ward
zu Erfurt 1758. Iuris U. Doctor, und auch
Profeſſor Iuris Extraordinarius, A. 1765. aber
Profeſſor Iuris Ordinarius.

420) Schorch (Hieronymus Fridericus)

I. U. Doctor, Comes Palat. Cæſar. Profeſſor
Decretalium Ordinarius, Aſſeſſor Senior der Ju-
riſten-Facultät, älterer Burgermeiſter, Aſſeſſor
Conſiſtorii, Auffeher des Evangeliſchen Raths-
Gymnaſii, und Director der Chur-Maynkiſchen
Academie nützlicher Wiſſenſchaften zu Erfurt;
Gebohren daſelbſt A. 1692. den 23. October, ſtu-
direte ſeit 1708. zu Erfurt, und ſeit 1713. zu
Leipzig, kam 1719. in das Erfurtiſche Raths-
Collegium, ward 1721. Aſſeſſor des Evangeli-
ſchen Miniſterii, und Inſpector des Gymnaſii,
1722. I. U. Doctor, 1728. Burger-Meiſter,
1732. Profeſſor Iuris Extraordinarius, und Aſſeſ-
ſor Adjunctus der Juriſten-Facultät, 1735. Aſ-
ſeſſor Ordinarius der Juriſten-Facultät, 1736.
Profeſſor Inſtitutionum Ordinarius, 1741. Comes
Palat.

Palat. Cæsar. 1744. Professor Iuris Publici, 1752. Professor Pandectarum, 1753. Director der damahls errichteten Churfürstl. Mannßischen Academie nützlicher Wissenschafften, 1759. Professor Codicis & Iuris Feudalis, und 1765. Professor Decretalium, auch Assessor Senior der Juristen-Facultät.

421) Schott (August. Fridericus)

(Phil. & I. U. Doctor) zu Leipzig. Ist A. 1744. den 11 April zu Dreßden gebohren, studirete seit 1761. zu Wittenberg, und seit 1762. zu Leipzig, ward allhier A. 1765. Magister, und auch in selbigem Jahr I. U. Doctor; Hält nunmehro Juristische Vorlesungen, und verdienet einen Platz unter denen zierlichen Rechtsgelehrten.

> S. *Trang. Thomasii Prog.* De herede ad solvenda debita, fundo legato sciente testatore, inhærentia obligato. *Lipsiæ* 1765. Ad ejus *Disputationem Inauguralem.*

422) Schreber (Daniel Gottfried)

I. U. Doctor, Professor Ordinarius, der Cameral-Wissenschafften auf der Universität Leipzig, und Mitglied der dasigen Oeconomischen Gesellschaft; Gebohren in der Schul-Pforte A. 1700 studirete zu Leipzig, ward 1743. zu Erlangen. I. U. Doctor, gieng 1747. nach Halle, ward 1760. auf der neuen Universität zu Bützow erster ordentlicher Lehrer der Weltweißheit, und Con-Director der Universität, 1764. aber Professor Ordinarius der Cameral-Wissenschafften auf der Uni-

ℒ   versi

verſtät leipzig, und Mitglied der baſigen Oeconomiſchen Geſellſchaft.

423) Schrodt (Ioſeph. Franc. Lothar.)

I. U. Doctor, Profeſſor, Ordinarius Juris Publici. Univerſalis, nec non Iuris Publici particularis Imperii R. G. & Iuris Feudalis auf der Univerſität zu Prag; Ward A. 1751. den 1 Sept. zu Wirtzburg I. U. Doctor.

424) Schrœder; (Ludovicus Conrad.)

I. U. Doctor, und Profeſſor Iuris Ordinarius auf der Academie Gröningen; Iſt zu Marburg gebohren, ward allda A. 1749. I. U. Doctor, A. 1752. Profeſſor Iuris zu Herborn, 1758 Profeſſor Iuris Primarius daſelbſt, und 1765. Profeſſor Iuris Ordinar. auf der Academie zu Grüningen.

425) Schrœtter (Franciſc. Ferdinand.)

I. U. Doctor, und der Kayſerl. Königl. gelehrten Geſellſchaft zu Roveredo Mitglied, in Wien.

426) Schuback (Iacobus)

I. U. Licentiatus, und Archivarius des Raths zu Hamburg; Iſt allda A. 1726. den 8. Februar gebohren, ſtudirete ſeit 1747. zu Göttingen, ward daſelbſt 1750. I. U. Licentiatus, 1752. zu Hamburg Archivarius Adjunctus, und nach Abſterben des Lic. von Son, wircklicher Archivarius.

S. auch *Ayreri Progr.* IIItium De commodati & pignoris ſecundum Iura ſtatutaria comparatione Gœtingæ 1750.

427)

427) Schuberth (Carolus Fridericus)

J. U. Doctor, und Practicus zu Hildesheim; Gebohren A. 1723. den 16. Julius zu Crossen im Stiffte Zeitz, studirete seit 1742. zu Leipzig, ward A. 1749. zu Helmstädt J. U. Doctor, und gieng A. 1751. nach Hildesheim.

428) Schücking (Christoph. Bernhard. Ioseph.)

ICtus zu Münster; Er ist daselbst A. 1714. den 22. December gebohren, studirete zu Würtzburg, gieng sodann auf Reisen, und lebet nunmehro zu Münster in Otio litterario.

S. Neues Gelehrtes Europa. Vten Theil. S. 81/127.

429) Schütte (Andreas)

Professor Iuris Publici & Politices auf der Königl. Ritter-Academie zu Soroe.

430) Schumann (Gottlieb)

A. Magister, und Assessor der Philosophischen Facultät zu Leipzig: Dieser in der Historie, Politik, und Staats-Rechts-Lehre wohl erfahrner Mann ist gebürtig von Görlitz, studirete zu Leipzig, ward allda A. 1729. I. U. Candidatus, und in selbigem Jahre zu Wittenberg Magister, und A. 1750. Assessor der Philosophischen Facultät zu Leipzig.

431) Schuſter (Ioſeph. Anton.)

I. U. Doctor, Prof.ſſor Ordinarius Iuris Naturæ, Hiſtoriæ legalis, & Inſtitutionum Juſtinianearum auf der Univerſität zu Prag.

432) Schwope (Chriſtian. Mauritius)

I. U. Candidatus, und Secretarius bey der Stiffts-Regierung zu Merſeburg; Iſt daſelbſt A. 1738. gebohren, ſtudirete von 1757. zu Leipzig, ward A. 1761. Advocat, und gegen Ende des Jahres 1764. Secretarius bey der Stiffts-Regierung zu Merſeburg. Ein Mann, der in der ſchönen und zierlichen Jurisprudenz eine groſſe Stärcke beſitzet.

433) Scopp (Io. Georgius)

I. U. Licentiatus und Advocat zu Weiſſenburg am Nordgau; Hat ſich durch verſchiedene pratiſche Bücher in der gelehrten Welt bekannt gemacht.

434) Scrigius.

ICtus, und Anteceſſor auf der Univerſität zu Salamanca in Spanien.

435) Seeger (Io. Gottlieb, oder Theophilus)

PHIL. & Iuris u. Doctor. Profeſſor Codicis Subſtitutus Ordinarius und Aſſeſſor Subſtitutus in der Juriſten-Facultät auf der Univerſität Leipzig; Gebohren A. 1735. den 4. September zu Sei-

Seifersbach, einem Dorfe im Meißnischen
Crayße, studirete seit 1754. zu Leipzig, ward all-
da A. 1759. Magister, A. 1760. I. U. Doctor, und
A. 1765. Professor Codicis Substitutus Ordinarius
des Herrn D. Künholds, und desselben Assessor
Substitutus in der Juristen-Facultät.

> S. Io. God. Baueri Progr. De forma donationis
> caussa mortis. Lipsiæ 1760.

436) Seip (Anton. Ludovicus)

I. U. Doctor, und Herzogl. Mecklenburg-
Strelitzischer Geheimbder-Cantzley-Rath zu
Strelitz; Ist A. 1723. zu Pyrmont gebohr-
ren, studirete seit 1741. zu Halle, und zu Göttingen, ward allda A. 1747. I. U. Doctor, A. 1750.
Professor Iuris Extraordinarius, und Assessor
der Juristen-Facultät. A. 1752. kam er nach
Rostock als Consulent der Mecklenburgischen Rit-
terschafft, hernach als Cantzley-Rath nach Strelitz, wo er noch jetzo als Geheimbder Cantzley-
Rath stehet.

> S. Herrn HR. Pütters Versuch einer Academischen
> Gelehrten Geschichte von der Universität Göttin-
> gen. §. 49. S. 88.

437) von Selchow (Io. Henricus Chrstian.)

I. U. Doctor, Professor Iuris Ordinarius,
und Assessor der Juristen-Facultät auf der Universität zu Göttingen; Gebohren A. 1732. den
26. Julius in der Marck Brandenburg, studirete
seit Ostern 1751. zu Göttingen, ward daselbst

L 3   A. 1755.

A. 1755. I. U. Doctor, A. 1757. Professor Iuris
Extraordinarius, A. 1762. Professor Iuris Ordinarius, und A. 1764. Assessor der Juristen-Facultät.

> S. Herrn HR. Pütters nur angef. Versuch rc. §. 75.
> S. 152. u. f.

438) Sellius (Gottfried)

I. U. Doctor, und gewesener Professor Iuris
zu Göttingen und Halle; Gebohren zu Danzig,
studirete zu Marburg and Leyden, wo er A. 1730.
I. U. Doctor ward, und verschiedene Schrifften
herausgab. Von da kam er A. 1735. als Professor Iuris Extraordinarius, und als Assessor der
Juristen-Facultät nach Göttingen, und A. 1736.
als Hoff Rath, und Professor Iuris & Philosophiæ Ordinarius, nach Halle, von da kam er bald
darauf nach Berlin, gieng hierauf nach Cölln am
Rhein, und endlich wieder nach Holland zurück,
und hält sich vermuthlich in Leyden auf.

> S. 1. Mosers Lexicon der jetztlebenden Rechtsgelehr-
> ten. S. 241. und 2. Herrn HR. Pütters nur an-
> gef. Versuch rc §. 47. S. 85. welcher ihn also un-
> ter die noch lebenden Rechtsgelehrten zehlet.

439) Frey-Herr von Senckenberg (Henricus Christian.)

ICtus, und würcklicher Kayserl. Reichs-Hoffe
Rath zu Wien. Gebohren A. 1704. den 19
October zu Franckfurt am Mayn, studirete
seit 1719. zu Giesen, und seit 1726. zu Halle,
wie auch A. 1728. zu Leipzig. Nachdem er A.
1729. zu Giesen die Doctor-Würde erhalten,
advocirete er anfangs zu Franckfurt, kam aber
bald

bald darauf im November 1730. in Rheins
gräfl. Ohaunische Dienste, als erster Rath zu
Dhaun. Von da kam er im Julius 1735. als
Professor Iuris Extraordinarius und Universi-
tädts-Syndicus, wie auch als Beysitzer der Juristen-Facultät nach Göttingen, wo er ferner A.
1736. Professor Iuris Ordinarius, und Rath
wurde. Jedoch A. 1738. folgte er einem nach
Giesen erhaltenen Rufe, als Regierungs-Rath,
und Professor Iuris Ordinarius; Aber auch von
Giesen gieng er im Julius 1744. nach Franckfurt am Mayn, unter dem Character als Nas-
sau-Oranischer Geheimbder-Justiz-Rath, und
in ähnlicher Verbindung mit mehrern Fürstlichen und Gräflichen Höfen, denen er hier von
Hausse aus Dienste leistete. Endlich erhielt
er im October 1745. eine Stelle im Kayserl.
Reichs-Hoff-Rathe, die er noch jetzo bekleidet,
nachdem er inzwischen in den Frey-Herrn-
Standt erhaben, auch als ein Mitglied der
Göttingischen Societät der Wissenschafften auf-
genommen worden.

S. Herrn HR. Pütters vorangef. Versuch &c.
§. 46 S. 79-85.

440) Sergius (Io. Antonius)

ICtus, und Advocatus zu *Neapolis*; Gebohr-
ren 1702. den 13 April in der Provinz *Basilica-
ta* im Königreich Neapolis, studirete auf der
Universität zu Neapolis, und ward nachher
Advocatus, 1736. aber Auditor der Provinz
di Lavoro.

441) Sevel (Friedrich Chriſtian.)

I. V. Doctor, Profeſſor Iuris Extraordinarius
auf der Univerſität Koppenhagen, General-
Auditeur in dem Admiralitaets-Gerichte, Cam-
mer-Juſtiz-Secretarius, und See-Kriegs Procurator; Gebohren A. 1723. den 24 May zu
Koppenhagen; ſtudirete allda ſeit 1740. und
nachher zu Halle und zu Jena, ward allhier 1745.
I. V. Licentiatus, 1749. zu Koppenhagen I. V.
Doctor, 1751. Notarius der Juriſten-Facultät,
1754. See-Kriegs-Procurator, und Cammer-
Juſtiz-Secretarius, 1756. Profeſſor Iuris Extraordinarius, und 1765. General-Auditeur
in dem Admiralitaets-Gerichte, an ſtatt des Herrn
Juſtiz-Raths, *Peter Kofoed Ancker.*

S. auch *E gruii Progr.* De Feudis burſaticis, von
Beutel-Lehen. Ienae 1745.

442) Sieben (Bartholomaeus)

I. U. Doctor, und Profeſſor Iuris an dem Athe-
naeo Illuſtri zu Amſterdam, ſeit 1754.

443) Sieber (Iacob. Gottlieb)

I. V. Doctor, und Syndicus in der freyen
Reichs-Stadt Goßlar; Gebohren A. 1729.
den 8 December zu Ulzen, ſtudirete zu Göttingen, fing daſelbſt 1757. an zu leſen, ward auch
allda 1758. I. V. Doctor, und 1762. Syndicus
zu Goßlar.

S. 1. *Ge. Lud. Boehmeri Progr.* De Iure circa con-
ductionem orto adverſus conductorem obaeratum
concurſ. *Gottingae* 1758. Ad ejus *Diſput. Inaug.*
2) Herrn Hoff-Rath Pütters Verſuch einer Academiſchen Gelehrten Geſchichte von der Univerſität
Göttingen. §. 61. S. 109.

444) Sie-

444) Sieber (Io. Gottfried) .

Phil. & I. V. Doctor, und Ober - Hoff Gerichts auch Confiftorial - Advocatus zu **Leipzig**;
Gebohren daſelbſt 1715. den 15 April, ſtudirete auch
in ſeiner Vater-Stadt ſeit 1732. ward allda A.
1736. Magiſter, 1739. I. V. Doctor, und
1743. Ober-Hoff-Gerichts auch Confiftorial-
Advocatus.

445) Smalcalder (Ludovicus Conradus)

I. V. Doctor, Herzogl. Würtembergiſcher
Rath, und Profeſſor Iuris Ordinarius zu Tübingen; Gebohren A. 1695. den 1 November
zu Gieſen, ſtudirete zu Tübingen, ward allda
1721. I. V. Licentiatus; 1724. Secretarius der
Univerſität, 1733. Profeſſor Iuris Extraordinarius, 1734. Rath, 1743. Profeſſor Iuris im
Collegio Illuſtri, 1745. Profeſſor Iuris Ordinarius, 1746. Aſſeſſor der Juriſten-Facultät, und
1747. I. U. Doctor, auch Würtemberg. Rath.

446) Solander (Daniel)

I. U. Doctor, und Profeſſor Ordinarius des
Römiſchen und Schwediſchen Land-Rechts auf der
Univerſität zu Upſala.

447) von Sonnenfels (Ioſephus)

Profeſſor der Cameral-Wiſſenſchaften auf der
Univerſität zu Wien, ſeit 1763. Da Jhro Ma-
jeſtät, die nunmehro verwittbete Käyſerin-Köni-
gin, auf der hohen Schule zu Wien eine Profeſſion der Cameral-Wiſſenſchaften errichtet, ſo

fieng

fieng ben 2 November. 1763. def Herr *von
Sonnenfels* dieſes ihm anvertrauete Lehr-Amt mit
einer Teutſchen Rede an im Hör-Saale, wo die
Canoniſchen Rechte gelehret werden. Die Po-
licey-Staats-Wiſſenſchaft, Handlungs-Wiſſen-
ſchaft, das Steuer-und Zoll-Weſen, und die
Haußhaltungs-Kunſt werden den Vorwurf ſeiner
Unterweiſungen ausmachen.

448) Sonneſchmidt (Wilh. Erneſtus)

I. U. Doctor, und Hoff-Gerichts Advocatus
Ordinarius zu Jena, auch privat-Docent; Gebohren zu Jena A. 1723. den 6 Februar, ſtudirete daſelbſt ſeit 1739. warb allda 1746. I. V.
D ctor, und ward nachher Advocatus Ordinarius im dortigen Hoff-Gericht. Er lieſet auch be-
ſtändig verſchiedene Juriſtiſche Collegia.

S. die Zuſätze zu dem im Jahr 1743. blühenden Jena. S. 123. / 125.

449) Sorber (Io. Iacobus)

I. U. Doctor, Profeſſor Iuris Ordinarius, und
Aſſeſſor der Juriſten-Facultät auf der Univerſität zu Marburg; Iſt A. 1714 den 29 September zu Erfurt gebohren, ſtudirete ſeit 1724.
zu Erfurt, und ſeit 1732. zu Jena, warb allh-
hier 1740. I. V. D ctor, und 1754. Profeſſor
Iuris Ordinarius zu Marburg.

450) Sorge Fridericus Adolphus)

ICtus zu Frankfurt an Mayn.

451) Span-

451) Span (Io. Ludovicus)

I. V. Licentiatus, und Advocatus Ordinarius
juratus zu Franckfurt am Mayn; Ist daselbst
gebohren; ward A. 1746. zu Giesen I. V. Licentiatus, und in demselben Jahre den 24 De-
cemb. Advocatus Ordinarius juratus zu Franckfurt
am Mayn.

452) Spies (Wolffgang. Albertus)

I. V. Doctor, Consulent der Republik Nürnberg, und Professor Codicis & Iuris Canonici
Ordinarius & Primarius, auch Assessor Senior
der Juristen-Facultät zu Altdorf; Gebohren zu
Nürnberg 1710. den 6 Januar, studirete zu
Altdorf, ward allba 1732. I. U. Licentiatus
1733. I. V. Doctor, 1739. Professor Institutionum Ordinarius, 1744 Professor Pandectarum.
und Consulent der Republik Nürnberg, und 1758.
Professor Codicis & Iuris Canonici, auch Assessor Senior der Juristen-Facultät.

453) Spitz (Io. Christoph.)

I. U. Doctor, Professor Pandectarum Ordinarius, Assessor der Juristen-Facultät, und der
Churfürstl. Weltlichen Stadt-Gerichte, wie auch
Burgermeister zu Erfurt; Ist A. 1699. den 29
November zu Stadt-Worbis gebohren, studirete zu Erfurt, ward allba 1731. I. U. Licentiatus, 1732. I. U. Doctor, 1737. Raths-Herr,
und nachher Burgermeister, 1740. Assessor der
Juristen-Facultät, und auch Professor Ioris Ex-
tra-

traordinarius, 1753. Profeſſor Inſtitutionum Ordinarius, 1759. Profeſſor Iuris Publici, und 1765. Profeſſor Pandectarum.

454) Springer (Io. Chriſt. Erich)

Profeſſor der Cameral-Wiſſenſchafften zu Göttingen; Ward ſolches A. 1766. War vorhero Hochfürſtl. Brandenburg = Onolzbachiſcher deſignirter Hoff = Cammer = Rath und Kaſten = Amtmann, dann Conſulent bey verſchiedenen Freyherrlichen Familien. Er beſitzet in denen Cameral-Geſchäfften eine lange Erfahrung.

455) Stainhäuſer (Jo. Philippus)

I. U. Doctor, Saltzburgiſcher würcklicher Hoff-Rath, und Profeſſor Inſtitutionum & Iuris Feudalis Ordinarius auf der Univerſität zu Saltzburg. In manchen Nachrichten wird er auch Svainhäuſer genennet.

456 Stampe (Henricus)

I. V. Doctor, und Phil. Mag. Königl. Däniſcher Staats = Rath, Profeſſor Ordinarius des Natur = Völcker = und Staats = Rechts auf der Academie zu Koppenhagen, Aſſeſſor im Geiſtlichen und höchſten Gericht, Rentmeiſter der Univerſität, auch General-Procurator, und Mitglied der Königl. Geſellſchafft der Wißenſchafften; Gebohren A. 1713. in Jütland, ward 1730. Philoſophiæ Baccalaureus, 1732. Dechant der Regenz, 1733. Con-Rector der Aalburgiſchen Schule, 1735. Magiſter zu Koppenhagen, 1740. I. U.

I. U. Doctor, daselbst, 1741. Professor Philosophiae, 1743. Assessor der Facultät, und des
Consistorii, 1745. Mitglied der Königl. Gesellschafft der Wißenschafften, 1746. Assessor des
Admiralitaets-Gerichts, 1748. General-Auditeur, 1752. Staats-Rath, und 1753. Professor Ordinarius, des Natur-Völcker-und Staats-
Rechts, auch General-Procurator und Assessor
im höchsten Gericht.

S. Die Nachrichten von dem Zustande der Wißenschafften in den Königlichen Dänischen Reichen und
Landen. Isten Theil. Vtes S. No. XI.

457) Steck (Jo. Christoph. Wilhelm.)

I. U. Doctor, und Königl. Preußischer Cammer-
Gerichts-Rath zu Berlin; Gebohren A. 1750.
den 4 Januar zu Diedelsheim im Herzogthum
Würtemberg, studirete seit 1747, zu Tübingen,
ward allda 1753. I. U. Doctor, gieng hierauf
als Hofmeister nach Leipzig, ward 1755, zu Halle
Professor Iuris Publici & Feudalis Ordinarius,
1758. Professor Iuris Ordinarius zu Franckfurt an der Oder, und 1759. Königl. Preußischer
Cammer-Gerichts-Rath zu Berlin, im zweyten
Senat.

458) Steger (Adrianus Deodatus)

Phil. & I. U. Doctor, zu Leipzig; Ist allda A. 1719. den 27 Julius gebohren, studirete
auch daselbst, und ward 1738. Magister, und
auch in selbigem Jahre I. U. Licentiatus, 1740.
aber I. U. Doctor.

459)

459) Stein (Ioachim Lucas)

I. U. Doctor, Advocatus Ordinarius, und
Privat-Docent zu Roſtock; Iſt A. 1711. den
11 December zu Roſtock gebohren, ſtudirete erſt-
lich allhier, und hernach ſeit 1733. zu Halle, worauf er durch den grüſten Theil von Teutſchland eine gelehrte Reiſe that. 1736. ward er zu Roſtock
I. U. Licentiatus, und 1738. I. U. Doctor.
Nachher iſt er Advocatus worden, und hält darneben Juriſtiſche Vorleſungen.

460) Stiglitz (Christian Ludovicus)

I. U. Doctor, Aſſeſſor der Juriſten-Facultät,
und Stadt-Richter zu Leipzig; Gebohren daſelbſt A. 1724. im Monath Februar, ſtudirete
auch ſeit 1740. allda, ward 1747. I. U. Doctor, und in ſelbigem Jahre auch Raths-Herr,
1758. Stadt-Richter, und 1765. Aſſeſſor der
Juriſten-Facultät.

S. auch nützliche Nachrichten von denen Bemühungen
derer Gelehrten, und andern Begebenheiten in Leipzig. Im Jahr 1747. S. 317. 318. 321.

461) Stiglitz (Io. Conradus)

I. U. Doctor, Conſulent der Republick Nürnberg, Profeſſor Pandectarum Ordinarius zu Altdorf, und Mitglied der Geſellſchafft zu Florenz;
Gebohren zu Naumberg A. 1724. den 5 December, ſtudirete zu Leipzig, ward zu Halle 1757.
I. U. Doctor, und in ſelbigem Jahre auch Profeſ-
for Inſtitutionum Ordinarius zu Altdorf, 1762.
Profeſſor Pandectarum, und Conſulent der Republick Nürnberg.   462)

462) Struben. (David Georg.)

ICtus, und Königl. Groß=Britannischer, und Chur=Braunschweig=Lüneburgischer Cantzley=Director zu Hannover; Gebohren 1694. den 10. December zu Zelle, studirete seit 1713. zu Halle, und seit 1716. zu Leyden, ward nach verschiedener Bedienungen 1740. Geheimbder=Justiz=Rath zu Hannover, und 1758. Cantzley=Director.

463) Struben (Iulius Melchior)

ICtus, Königl. Groß=Britannischer, und Chur= Braunschweig=Lüneburgischer Hoff=Rath, und würcklicher Geheimbder=Secretarius auch Archivarius zu Hannover; Ist der älteste Sohn des Herrn Cantzley=Directors Strubens, und zu Hildesheum gebohren, studirete zu Güttingen, that in Gesellschafft des Herrn Hoff=Rath, Pütters, in denen Jahren 1746. und 1747. eine gelehrte Reise durch Teutschland, ward hierauf zu Hannover Closter=Advocat, denn Hoff=Rath und Geheimbder Archivarius, und 1757. zweyter Geheimbder Secretarius.

464) Sündermahler (Ioh. Iacob. Ioseph.)

I. V. Doctor, Würtzburgischer Geheimbder Rath, und Professor Ordinarius des Natur= Völcker=und Römischen Teutschen Staats=Rechts auf der Universität zu Würtzburg; Ward 1737 zu Würtzburg I. V. Licentiatus, A. 1741 I. V. Doctor, und Professor Ordinarius des Natur= Völcker= und Römisch=Teutschen Staats=Rechts, auch Hoff=Rath, und 1753 Geheimbder.Rath.

465)

465) Summermann (Io. Henricus)

ICtus, und Königl. Preußischer Geheimbder Justiz- und Regierungs-Rath zu Cleve; Gebohren zu Duisburg, ward, nach geendigten Academischen Studien, Cammer-Gerichts-Rath zu Berlin, hierauf Profeſſor Iuris Ordinarius zu Duisburg, sodann Ober-Appellations-Rath zu Caſſel, und endlich Königl. Preußischer würcklicher Geheimbder Justiz- und Regierungs-Rath zu Cleve.

466) Frey-Herr von Summermann (Ioh. Wilhelm.)

ICtus, und E. Höchstpreißl. Kayserl. und des Heil. Röm. Reichs Cammer-Gerichts zu Wetzlar Beysitzer; Gebohren zu Duisburg, ward erstlich, nach vollendeten Academischen Jahren, Königl. Preußischer Justiz-Rath, A. 1735 Profeſſor Iuris Ordinarius auf der Universität zu Duisburg, und endlich Aſſeſſor des Kayserl. und Heil. Röm. Reichs Cammer-Gerichts zu Wetzlar, immaſſen er 1741 den 10 April zu dieser hohen Stelle verpflichtet, und eingeführet worden.

467) Susewind (Ludovicus Augustus)

I. U. Doctor, und Profeſſor Iuris Ordinarius auf der Universität zu Trier.

468) Sutor (Jo. Paul.)

I. U. Doctor, des Fürst-Bischoffs zu Aichstädt Geheimbder- und Chur-Fürstl. Bayerischer

scher würcklicher Rath und Professor Institutionum & Iuris Feudalis Ordinarius auf der Universität zu Ingolstadt.

T.

469) Taddel (Henricus Fridericus)

J. U. Licentiatus zu Rostock und der Königl. Teutschen Gesellschafft zu Göttingen Mitglied; Er ist zu Rostock, A. 1736. den 24 Sept. gebohren, und hat daselbst, seit 1754. und zu Göttingen seit 1760 studiret, ward auf letzterer Universität 1761 J. U. Licentiatus. Er hält zu Rostock Juristische Vorlesungen, und ist auch ein Mitarbeiter der Neuen Rostockischen Berichte von gelehrten Sachen.

S. Georg. Ludov. Böhmeri Progr. De Ingenuorum natalium probatione. Götting. 1761.

470) Tafinger (Fridericus Wilhelmus)

Phil. & J. U. Doctor, Herzogl. Würtembergischer Rath, und Professor Iuris Ordinarius auf der Universität zu Tübingen, der Kayserl. Academie der Wissenschafften zu Roveredo, der Königl. Groß Britannischen, und Herzoglich Braunschweigischen Teutschen Gesellschafften zu Göttingen und Helmstädt, und der Lateinischen Gesellschafft zu Jena Ehren-Mitglied; Gebohren zu Tübingen, 1726. den 2 November, studirete seit 1743 zu Tübingen, ward allda 1749. J. U. Licentiatus, gieng sodann auf Reisen,

M   und

und ward 1751 I. U. Doctor, 1753. Profeſſor Iuris Extraordinarius, und 1759 Profeſſor
Iuris Ordinarius, und Aſſeſſor der Juriſten-Facultät, auch nachhero Würtembergiſcher Rath.

471) Tanuccius (Bernhardus)

Nunmehro der Marcheſe Tanoucci, Königl.
Sicilianiſcher Staats-Secretarius bey den aus-
ländiſchen Affairen, ingleichen bey den Juſtiz-
und Begnadigungs-Sachen, an dem Hofe zu
Neapolis. Er war vorhero Profeſſor Iuris auf
der Univerſität zu Piſa, kam aber nachhero an den
Königl. Sicilianiſchen Hof, und erlangte 1755.
die oben benannten Ehren-Stellen.

472) Taylor (Iohann.)

L. L. Doctor, und des Collegii D. Ioannis
Socius zu Cambridge.

473) Teller (Romanus)

Phil. & I. U. Doctor, auch Raths-Herr zu
Leipzig; Iſt der älteſte Sohn des ehedem ſehr
berühmten Leipziger Gottesgelehrten D. Romani
Tellers, und zu Leipzig A. 1732. den 21 December gebohren, ſtudirete allda ſeit 1749 und
ward daſelbſt 1753 Magiſter, 1754 Advocatus,
hierauf Hofmeiſter bey zweyen Grafen v. Brühl,
und 1759 I. U. Doctor, und in ſelbigem Jahre
auch Raths-Herr zu Leipzig.

 S. Guſt. Henr. Mylii Progr. De genuina indole
  donationis remuneratoriæ; Ad L. 17. D. de
  donat. Lipſiæ 1759.

474) Terraſſon (Antonius)

Ecuyer, und ein berühmter ICtus und Advocatus in dem Parlament zu Paris.

475) Thomaſius (Traugott)

J. U. Doctor, Erb-Lehn-und Gerichts-Herr zu Alt-Neuendorff, und Aſſeſſor des Conſiſtorii, wie auch der Juriſten-Facultät zu Leipzig; Iſt A. 1709. den 18 Januar zu Leipzig gebohren, ſtudirete daſelbſt und zu Halle, ward 1731. zu Leipzig I. U. Doctor, 1741. Aſſeſſor im Conſiſtorio, und 1752. Aſſeſſor in der Juriſten-Facultät.

476) Thurniſius, oder, Thurneiſen (Io. Rudolph.)

Phil. & I. U. Doctor, Profeſſor Pandectarum & Iuris Canonici Ordinarius, und Syndicus zu Baſel; Iſt zu Baſel gebohren, ward daſelbſt A. 1738. I. U. Doctor, und 1746. Profeſſor Pandectarum & Iuris Canonici Ordinarius auch Syndicus.

477) Tittel (Carolus Auguſtus)

I. U. Doctor, und Profeſſor Iuris Extraordinarius auf der Univerſität zu Jena; Gebohren A. 1727. den 10 November zu Plägka bey Sommern, ſtudirete ſeit 1745. zu Jena, ward allda 1751. I. U. Doctor, und 1762. Profeſſor Iuris Extraordinarius.

S. *Henr*. *Brokes Progr.* de iis, quæ raro fiunt. *Jenæ* 1751. Ad ejus Difputationem Inauguralem.

478) von Toll (Carl Gottlob)

I. U. Doctor, und Stadt-Syndicus zu Franckfurt an der Oder; Gebohren A. 1709. zu Run-
tzendorf in Schlefien, ftubirete feit 1730. zu
Franckfurt an der Oder, verfahe hierauf die Hof-
meifter-Stelle bey einigen jungen Herren, und
ward allda 1736. I. U. Doctor, und 1751.
Syndicus der Stadt Franckfurt.

479) Topp (Georg Augustus)

J. U. Doctor, und Regierungs-Secretarius zu
Blankenburg; Ift zu Zelle gebohren, kam
A. 1749. mit feinem feel. Herrn Vater nach
Helmftädt, wo er auch ftubirete, ward allda
1756. I. U. Doctor, und laß verfchiedene Ju-
riftifche Collegia, kam aber 1760. als Regierungs-
Secretarius nach Blankenburg.

480) Totze (Cobaldus)

Profeffor Ordinarius der Hiftorie und des Teut-
fchen Staats-Rechts auf der Univerfität zu Bü-
tzow. Er war vorhero Secretarius bey der
Univerfität Göttingen, und kam A. 1762. als
Profeffor Hiftoriarum & Iuris Publici nach
Bützow.

S. auch Herrn HR. Pütters Verfuch einer Acadmie-
fchen gelehrten Gefchichte von der Univerfität Göttingen. §. S.

481) Treitlinger (Io. Chriſtian)

I. U. Doctor, und Profeſſor Pandectarum
&Iuris Publici Ordinarius, auf der Univerſität
zu Straßburg; Iſt daſelbſt gebohren, ward
allda A. 1737. I. V. Licentiatus, 1748 Profeſſor
Iuris Extraordinarius, 1754. I. U. Doctor, und
Profeſſor Inſtitutionum Ordinarius, 1756 Pro-
feſſor Pandectarum & Iuris Canonici, und 1760
Profeſſor Pandectarum & Iuris Publici.

482) Trendelenburg (Adolph. Frideric.)

I. U. Doctor, und Profeſſor Iuris Ordinarius
auf der Univerſität zu Bützow; Iſt im Mecklenburgiſchen gebohren, ſtudirete zu Göttingen,
ward A. 1760. daſelbſt I. V. Doctor, 1761
Profeſſor Iuris Extraordinarius zu Helmſtädt, und
1762. Profeſſor Iuris Ordinarius zu Bützow.

483) Treſenreuter (Io. Ulricus Chri-ſtoph)

I. U. Licentiatus.

484) Trotz (Chriſtian. Henricus)

J. v. Doctor, und Profeſſor Ordinarius des
Bürgerlichen u. öffentlichen Holländiſchen Rechts
auf der Univerſität zu Utrecht, Iſt zu Colberg
in Pommern A. 1701. gebohren, ſtudirete zu
Halle, Marburg und Utrecht, gab allhier ſeit
1727. Unterricht in denen Rechten, ward auch
allda 1730. I. U. Doctor, 1741. Profeſſor Iuris
Ordinarius auf der Univerſität zu Franecker, und

1755. Profeſſor Iuris Civilis et Publici Fœdera-
ti Belgii auf der Univerſität ju Utrecht.

S. 1) Neues Gelehrtes Europa. IXter Theil.
S. 193. - 200. 2) *Em. Luc. Vriemarii* Athenæ
Friſiacæ, No. XCVII. p. 841 - 843. welcher aber
behauptet, Trotz ſey A. 1703. gebohren.

485) Turin (Adam Ignatius.)

I. U. Doctor, Profeſſor Hiſtoriarum & Philoſophiæ Practicæ Ordinarius Director der Boineburgiſchen Bibliothecκ, und Aſſeſſor der Juriſten-
Facultät zu Erfurt; Iſt daſelbſt A. 1719. den
17 May gebohren, ſtudirete allda ſeit 1746. ward
nachhero Secretarius bey dem Churfürſtl. Land-
Gericht, 1758. Profeſſor Iuris Naturæ, Gentium & Publici Extraordinarius, 1762. Profeſſor
Hiſtoriarum & *Philoſophiæ Practicæ* Ordinarius und Director der Boineburgiſchen Bibliothek,
und 1765. I. U. Doctor, auch Aſſeſſor der Juriſten-Facultät.

S. Rud. Chph. Henne Progr. De Transactione ſuper
controverſiis ex teſtamento natis. Erfordiae 1765.

U. vel, V.

486) Ualdrighi (Bartholomæus)

Iurium Doctor, und Profeſſor Iuris Publici
auf der Academie zu *Modena*; und nunmehro
deſignirter Hoff-Rath bey dem oberſten Gerichts-
Hof des Herzogs von Modena. Er hat auf Befehl des Herzogs von Modena ſich einige Zeit
in Teutſchland, und beſonders von A. 1764. zu

ſcrip-

Leipzig aufgehalten, wo er sich das Ius Publicum
Universale von dem Herrn D. Seeger vorlesen las-
sen. Er opponirte auch in der Oster-Messe
1765. wider die Academische Streitschrift des
Herrn Hoff-Rath und Ordinarii, Hommels,
die unter der Aufschrifft: Principis cura Leges,
in Gegenwart Sr. Durchl. des Churfürstens
von Sachsen, ventiliret wurde. Den 30 December 1765. vertheidigte er auf dem Juristischen Catheder zu Leipzig eine Streitschrifft, unter dem Titul: Vicissitudines Fœderis Londinen-
sis 1718. ICti, und reisete zu Anfang des Jahres 1766. wieder nach Modena, ...

487) Vanuchi.

Doctor und Professor Legum auf der Academie zu Pisa.

488) de Vecchis (Nicolaus)

I. U. Doctor, Advocatus des Heil. Hof-Kir-
chen-Regiments, und Rector des Archi-Gym-
nasii zu Rom.

489) Vetter (Jo. Fridericus)

Phil. & J U. Doctor, Mecklenburgischer Hoff-
Rath, und Professor Juris an dem Academischen Gymnasio zu Hamm; Ist zu Osna-
brügg, (ohngefehr A. 1706) gebohren, studirete von 1726. bis 1730. zu Halle, allwo er
in selbigem Jahre Magister, und auch J. U. Doctor ward, gieng sodann nach Leyden, ward
M 4   1732

1732. Profeſſor Iuris & Philoſophiae zu Rinteln, gieng von dar 1734. weg, und nach Wien,
kam 1736. nach Schleßwig, und ward Königl.
Däniſcher Ober-Gerichts- und Regierungs-Advocat des Herzogthums Hollſtein, ſo dann kam
er bey dem Herzog, Carl Leopold, von Mecklenburg als Hoff-Rath in Dienſte, und ward
in deſſelben Staats-Angelegenheiten gebraucht,
ſetzte aber bey ſelbigen alle ſein Vermögen zu,
gieng endlich nach Wetzlar, und kam 1756. als
Profeſſor Iuris an das Academiſche Gymnaſium
zu Hamm.

> S. 1) Deſſelben Unvorgreiffliche Gedancken von der
> Einrichtung eines Policey-Colleuil. Edit. de a.
> 1748. von S. 131. bis zum Ende. Und 2) Deſ-
> ſelben Vorrede zu ſeinen zufälligen Gedancken
> über verſchiedene Hiſtoriſch-Politiſch-und Juriſtiſche
> Materien.

490) Uhl (Jo. Ludovicus.)

I. U. Doctor, Hoch-Fürſtl. Brandenburg-
Onolßbachiſcher Rath, Profeſſor Iuris Publici
& Feudalis Ordinarius, Aſſeſſor der Juriſten-
Facultät, und Archivarius der Univerſität zu
Franckfurt an der Oder, auch Ehren-Mitglied der lateiniſchen Geſellſchafft zu Jena; Gebohren A. 1714. den 10 Julius zu Mayn-
Bernheim im Anſpachiſchen, ſtudirete zu Halle, ward 1743. als Profeſſor Iuris nach Hamm
deſigniret, kam aber 1744. als Profeſſor Iur.
Ordinarius nach Franckfurt an der Oder, ward
in ſelbigem Jahre zu Königsberg, bey dem da-
mah-

mahligen Academischen Jubiläo, I. U. Doctor, und auch Anspachischer Rath, A. 1751. Ehren-Mitglied der lateinischen Gesellschafft zu Jena, und 1752. bekam er die dritte Stelle in der Juristen=Facultät.

491) Vicat (Beatus Philippus)

I. U. Doctor, und Professor Iuris Ordinarius auf der Academie zu Lausanne, seit 1741.

492) Unger (Ioh. Christian. Joseph. Francisc. Ignatius)

Phil. & I. U. Doctor, Comes Palat. Cæsar. Bischöfflich Bamberg = und Würzburgischer Hoff = Rath, und Prof. ſor Ordinarius der Inſtitutionum, Hiſtorie und des Römiſch = Teutſchen Bürgerlichen Rechts auf der Univerſität zu Würzburg; Ward zu Würzburg Magiſter, A. 1748. I. V. Licentiatus, 1749. den 22 September I. U. Doctor, und in ſelbigem Jahre Hoff-Rath, auch Prof. ſor Iuris Ordinarius.

493) Voorda (Bavius)

I. U. Doctor, und Prof. ſor Iuris Civilis Ordinarius auf der Univerſität zu Leyden; Iſt zu Franecker A. 1729 gebohren, ſtudirete ſeit 1743. zu Utrecht und Leyden, ward 1751 zu Utrecht I. U. Doctor, und Advocat im Friess-ländischen Hoff-Gericht, 1755. Prof. ſor Iuris Romani Ordinarius zu Franecker, und 1765.

M 5

Pro-

Prof. ſor Iuris Civilis Ordinarius zu Leyden, an des verſtorbenen D. Gerlaci Scheltingæ Stelle.

S. Em. Luc. Vriemœtii Athenæ Friſiacæ. No. CXXXIV. p. 874.

494) van Vryhoff (H. ... G. ...) ; Ein ICtus zu Amſterdam.

W.

495) Wagner (Georg. Wilhelm)

I. U. Doctor, und Conſulent, oder, Syndicus der Freyen-Reichs-Stadt Worms ; Iſt zu Gieſen gebohren, wo er auch ſtudiret, ward daſelbſt A. 1740. I. U. Licentiatus, 1745. Profeſſor Iuris Extraordinarius, und auch in ſelbigem Jahre, im Monath December I. U. Doctor, 1749. aber Conſulent, oder Syndicus der Freyen Reichs-Stadt Worms.

496) Wagner (Thomas)

Phil. & I. U. Doctor, und Aſſeſſor des Schöppen-Stuhls zu Leipzig; Gebohren allda A. 1710 den 6 November, ſtudirete daſelbſt ſeit 1728 und ward in Leipzig 1731 Magiſter, 1735 I. U. Doctor, und 1748 Aſſeſſor im Schöppen-Stuhl.

497) Waitz (Jo. Chriſtian.)

I. U. Doctor, zu Jena; Gebohren A. 1705 den 28 Octob. zu Gotha; ſtudirete ſeit 1723 zu Jena, und ſeit 1727 zu Leipzig, lebte hierauf einige Jahre als Hofmeiſter in Moſcau, und ward 1734 zu Jena I. V. Doctor, und lieſet daſelbſt meiſtentheils Collegia privatiſſima.

498)

498) Walch (Carolus Fridericus)

I. U. Doctor, Profeſſor Inſtitutionum Or=
dinarius auf der Univerſität Jena, Aſſeſſor des
Hoff=Gerichts, des Schöppen=Stuhls und der
Juriſten=Facultät, Vorſteher der Jenaiſchen La=
teiniſchen Geſellſchaft, und Mitglied der Florenti=
niſchen Columbariſchen Societät, wie auch der
Teutſchen Geſellſchaft zu Bremen; Iſt A. 1734.
den 22 September zu Jena gebohren, ſtudirete
daſelbſt ſeit dem Jahr 1748. ward hierauf A.
1750. ein Mitglied der Jenaiſchen Lateiniſchen Ge=
ſellſchaft, A. 1753. allda I. U. Doctor, fieng hier=
auf an zu advociren, und Collegia zu leſen, ward
A. 1754. Vorſteher der Lateiniſchen Geſellſchaft zu
Jena, erhielt A. 1755. einen Ruf als Profeſſor
Iuris Extraordinarius nach Göttingen, und that
noch in ſelbigem Jahre eine gelehrte Reiſe durch
Teutſchland. Nach ſeiner im Jahr 1756. erfolg=
ten Rückkunft, und da er eben nach Göttingen ab=
gehen wolte, ward ihm in Jena die fünfte Aſſeſ=
ſor = Stelle im Schöppen = Stuhle, nebſt einer
Profeſſione Iuris Extraordinaria angetragen, da=
hero er die Göttingiſche Vocation deprecirte,
und A. 1757. beyde Stellen in Jena antrat;
Hierauf ward er zu Ende des Jahres 1759. als
Profeſſor Iuris Ordinarius, und als Aſſeſſor
im Hoff=Gerichte ernennet, von welchen Stellen
er auch A. 1761. würklichen Beſitz nahm. Ge=
gen Ende des Jahres 1764. ward er Profeſſor
Inſtitutionum Ordinarius, und Aſſeſſor in der
Juriſten=Facultät. Uebrigens iſt er A. 1753. ein
Mit=

Mitglied der Florentinischen Columbarischen Societät, und A. 1760. der Teutschen Gesellschaft
zu Bremen geworden.

499) Wall (Nicolaus)

I. U. Doctor, und Assessor der Juristen-
Facultät auf der Universität zu Upsala.

500) von Walther (Anton. Balthasar)

I. U. Doctor, Königl. Preußischer Kriegs-
und Domainen- auch Hoch-Fürstl. Würtemberg-
Oelßnischer Regierungs-Rath zu Breßlau; Gebohren A. 1705. im Monat August, zu Breßlau, studirete seit 1725. zu Frankfurt an der
Oder, und seit 1728. zu Leipzig, allwo er A.
1730. I. U. Doctor worden. Hierauf ist er Wür-
temberg-Oelßnischer Regierungs-Rath, und nachhero Königl. Preußischer Kriegs- und Domainen-
Rath, und in den Adel-Stand erhoben worden.

501) Wasmuth (Philippus)

I. U. Doctor, und Professor Iuris Ordinarius am Gymnasio zu Lingen; Gebohren A.
1690. den 2. Februar, zu Elbingen in der Graf-
schaft Lippe, studirete zu Frankfurt an der Oder,
ward alda A. 1717. I. U. Doctor, und in selbigem Jahre Professor Iuris Ordinarius an dem
Gymnasio zu Lingen.

S. Neues Gelehrtes Europa. IIIten Theil. S.
751-763.

502) Weber (Chriſtian. Gottlieb)

I. U. Doctor, Königl. Preuſſiſcher Criminal-
Rath, Profeſſor Iuris Extraordinarius auf ber
Univerſität zu Königsberg, und Stäbtiſcher Gerichts-Verwandter; Gebohren zu Lindenau in
Preuſſen, ſtubirete zu Königsberg und Roſtock,
warb auf dieſer letztern Univerſität A. 1745. I. U.
Doctor, A. 1747. zu Königsberg Profeſſor Iuris Extraordinarius, A. 1752. Criminal-Rath,
und A. 1753. Stäbtiſcher Gerichts-Verwandter
daſelbſt.

S. Arnoldts Zuſätze zu ſeiner Hiſtorie von der Univerſität Königsberg. S. 52.

503) Wedekind (Franciſcus Ignatius)

I. U. Doctor, Chur-Pfälziſcher Regierungs-
Rath, Profeſſor Inſtitutionum Ordinarius auf
der Univerſität zu Heydelberg, und Proviſor
Fiſci. Er war vorhero Profeſſor Iuris Ordinarius auf der Univerſität zu Fulba.

504) Weis (Andreas)

I. U. Doctor, Profeſſor Iuris Ordinarius
auf der Univerſität zu Leyden, und bisheriger In-
ſtructor des Prinzen Statthalters von Holland
und Weſt-Frießland; Ward A. 1734. Profeſſor
Ethices zu Baſel, A. 1737. daſelbſt I. U. Doctor,
A. 1747. Profeſſor Ordinarius Iuris Naturæ,
und Publici Romano-Germanici zu Leyden; begab ſich A. 1759. an den Hof, um an der Erzie-
hung des Prinzen Statthalters mit zu arbeiten.

Hier-

Hierauf wurde in denen öffentlichen Nachrichten gemeldet, daß er A. 1760. sein Academisches Lehr=Amt, auf Ansuchen des Hofes, völlig niedergeleget, um während der Minderjährigkeit Ihro Hoheit für dessen Unterweisung im Haag Sorge zu tragen. Ein Mann von so seltenen Gemüths=Gaben, (wie sich sothane öffentliche Nachrichten ausdrückten,) dessen Unpartheilichkeit, Uneigennuß und Dienstfertigkeit jedermann bewunderte, ist allein fähig, das Herz eines Prinzen zu bilden, und dem Lande einen weisen Statthalter zu erziehen. Daher hat die Academie sowol, als die Stadt, wo ihm seine Leutseligkeit jedermann zu Freunden gemacht hatte, Ursache, seinen Verlust gelassener zu ertragen, als sie es thun würde, wenn er nicht durch so wichtige Absichten hierzu wäre veranlasset worden. Hat A. 1766. sein Lehr=Amt auf der Universität Leyden wieder angetreten.

505) Wenz (Ludovicus)

Phil. Doctor, und I. U. Licentiatus, auch privat=Docent auf der Universität zu Basel.

506) Wernher (Io. Georgius)

I. U. Doctor, und Bürger=Meister zu Eimbeck; Gebohren A. 1712. den 3 April zu Neuenkirchen in Franken, studirete seit 1734. zu Wittenberg, warb hierauf Advocatus daselbst, gieng aber A. 1739. nach Göttingen, wo er noch in selbigem Jahre I. U. Doctor warb; Er laß daselbst fleißig Collegia, und warb A. 1747. Syndicus, nachhero aber Bürger=Meister zu Eimbeck.

S.

S. Herrn Hof-Rath Pütters Verſuch einer Academiſchen Gelehrten-Geſchichte von der Univerſität Göttingen. §. 61. S. 108 u. f.

.507) Wernher (Michael Gottfried)

I. U. Doctor, Profeſſor Iuris Ordinarius, und Aſſeſſor der Juriſten-Facultät auf der Univerſität zu Erlangen; Gebohren A. 1716. den 21 December zu Neukirchen in Franken, ſtudirete ſeit 1734. zu Wittenberg, ward allda A. 1739. I. U. Doctor, A. 1746. Aſſeſſor Extraordinarius der daſigen Juriſten-Facultät, und A. 1761. Profeſſor Iuris Ordinarius, auch Aſſeſſor der Juriſten-Facultät auf der Univerſität zu Erlangen.

508) Weſenfeld (Carolus Ludovicus)

I. U. Doctor, und Profeſſor Iuris am Reformirten Joachimsthaliſchen Gymnaſio zu Berlin; Gebohren zu Frankfurt an der Oder, ward zu Utrecht I. U. Doctor, hernach Profeſſor Iuris zu Hamm, und A. 1755. Profeſſor Iuris zu Berlin.

509) Weſtphal (Erneſt. Chriſtian.)

I. U. Doctor, Profeſſor Iuris Ordinarius, und Aſſeſſor der Juriſten-Facultät auf der Univerſität zu Halle; Gebohren zu Quedlinburg A. 1737. den 22. Januar, ſtudirete ſeit 1753. zu Halle, ward alda 1757. I. U. Doctor, A. 1761 Profeſſor Iuris Extraordinarius, und noch in ſelbigen Jahre Ordinarius, und A. 1764. vierter Aſſeſſor in der Juriſten-Facultät.

510)

510) von Wicht (Matthias)

I. U. Doctor, und Regierungs-Rath zu
Aurich.

511) Wideburg (Chriſtian. Iuſtus)

I. U. Doctor, Advocatus Ordinarius bey
dem Hof-Gericht zu Jena, und Auditeur bey
der daſigen Beſatzung, wie auch ordentliches Mitglied der Jenaiſchen Teutſchen Geſellſchaft; Gebohren daſelbſt A. 1727. den 21. Februar, ſtudirete daſelbſt ſeit 1741. ward A. 1749. Advocatus, und auch Auditeur bey der Jenaiſchen Beſatzung, A. 1752. Mitglied der Jenaiſchen Teutſchen Geſellſchaft, A. 1756. Syndicus derer
Jenaiſchen Land-Stände, A. 1757. I. U. Doctor, und endlich, mit Aufgebung vorgedach-
ten Syndicats, Advocatus Ordinarius im Hof-
Gerichte.

S. *Io. Caſp. Heimburgii Progr.* De tædio vitæ pœ-
nam homicidii non mitigante. *Iena* 1757. Ad eius
Diſputationem Inauguralem.

512) Wieger (Iohann.)

Phil. & I. U. Doctor, Profeſſor Codicis
& Conſuetudinum Feudalium Publicus Ordinarius, Senior der Univerſität Straßburg,
und der daſigen Juriſten-Facultät, auch Probſt
des Capituls zu St. Thomas; Er war erſt Profeſſor Philoſophiæ daſelbſt, ward aber A. 1735.
den 8. Februar, Profeſſor Inſtitutionum Or-
din. A. 1743. Profeſſor Pandectarum & Iuris
Canon.

Canon. A. 1754. Profeſſor Pandectarum &
Iuris Publici, und A. 1756. Profeſſor Codicis
& Conſuetudinum Feudal. auch Senior. Fac.
Iurid.

513) Wigeri (Elias)

I. U. Doctor, und Profeſſor Iuris Extraordinarius auf der Univerſität zu Franecker;
Gebohren A. 1730. zu Wolvegen in Weſt-
Frießland, ſtudirete ſeit 1747. zu Franecker, ward
alba A. 1752. im Monat Junius I. U. Doctor,
ſodann Advocatus im Frießländiſchen Hof-Gericht, und A. 1755. im Monat September Profeſſor Iuris Romani Extraordin. zu Franecker.

v. Em. Luc. Vrlemœtit Athenæ Friſiacæ. p. 877.

514) Wieſand, (Georg. Stephan.)

Phil. & I. U. Doctor, Profeſſor Inſtitutionum Ordinarius auf der Univerſität zu Wittenberg, Aſſeſſor des daſigen Hof-Gerichts,
Schöppenſtuhls und der Juriſten-Facultät, auch
Mitglied der Jenaiſchen lateiniſchen, und der
Duisburgiſchen Gelehrten Geſellſchaft; Gebohren
A. 1736. den 1. May zu Dohenſtraus in der
Ober Pfalz, ſtudirete ſeit 1754. zu Jena, allwo er
in ſelbigem Jahre ein Mitglied der lateiniſchen Geſellſchaft ward, ſtudirete hierauf ſeit 1756. zu Leipzig, wo er auch noch in ſelbigem Jahre die Magiſter-Würde erlangte, und ſodann Vorleſungen
hielt, ward ferner A. 1760. zu Leipzig I. U. Doctor,

N

ctor, A. 1763. Advocatus im Ober = Hof = Ge=
richte, und A. 1764. Professor Iuris Extraordinarius. A. 1765. aber Professor Institutionum
Ordinar. zu Wittenberg, welche Stelle er Ostern
1766. angetreten hat.

515) Wiese (Walther Vincentius)

I. U. Doctor, und privat = Docent zu Ro=
stock; Ist zu Rostock gebohren, und ward da=
selbst A. 1757. I. U. Doctor.

516) Wilke (David Gottfried Aegidius)

I. U. Doctor, Professor Iuris Extraordiná-
rius, und Assessor des Churfürstl. Sächsischen
Geistlichen Consistorii, und der Juristen = Facul=
tät zu Leipzig, wie auch des Land = Gerichts im
Marggrafthum Nieder=Lausitz; Gebohren A 1739
zu Wurzen, studirete seit 1757. zu Wittenberg,
und seit 1759. zu Leipzig, ward A. 1760. Chur=
Sächsischer Advocat, A. 1761. zu Leipzig I. U.
Doctor, A. 1762. Ober = Hof = Gerichts = und
Consistorial = Advocat, A. 1764. Assessor im
Leipziger Consistorio, wie auch im Nieder = Lausi=
tzer Land = Gericht, nicht weniger Assessor Substitutus des Herrn D. Platners in der Juristen = Fa=
cultät, und A. 1765. Professor Iuris Extraordinarius.

S. Io. Godofr. Baueri Progr. De foro Schriftsassiatus
realis. Lipsiæ 1761.

517) von Wilke (Io. Georg. Lebrecht)

Phil. & I. U. Doctor, und Herzogl. Sachsen=
Weymar= und Eisenachischer Hof= und Justitien=
Rath; Ist A. 1730. den 25. April zu Merse=
burg gebohren, studirete seit 1747. zu Leipzig,
ward alda A. 1751. Magister, A. 1753 I. U.
Doctor, und noch in selbigem Jahre Supernume=
rar-Appellations-Rath zu Dreßden. Nachher
ist er, nebst seinem seel. Herrn Vater, in des Heil. Rö=
mischen Reichs Adel=Stand erhoben worden, und
kam ohngefehr A. 1757. als Hof= und Justitien=
Rath nach Weymar, lebet aber nunmehro auf sei=
nem Guthe.

> S. auch Nützliche Nachrichten von denen Bemü=
> hungen derer Gelehrten, und andern Begebenheiten
> in Leipzig, auf das Jahr 1753. S. 33=/334.

518) Will (Io. Rudolph.)

I. U. Doctor, und Professor Iuris Extraordinarius auf der Universität zu Maynz; Ward
beydes daselbst A. 1759.

519) Willebrandt (Io. Petrus)

I. U. D. Königl. Dänischer Appellations=Ju=
stiß= und Consistorial=Rath, auch Policey=Di=
rector zu Altona; Gebohren zu Rostock, stu=
birete daselbst und zu Halle, ward alhier A. 1742.
I. U. D. nachher Königl. Dänischer Regierungs=
und Consistorial=Rath zu Glückstadt, endlich Ap=
pellations=Justiß= und Consistorial=Rath, auch
Policey=Director zu Altona.

N 2 520)

520) Willig (Michael Lorenz)

Zwehter Burger-Meister und Vice-Syndicus der Stadt Göttingen; Gebohren A. 1715. den 17. März zu Greifswalde, studirete seit 1730. anfangs Theologie zu Greifswald, und seit Michaelis 1732. zu Jena, wo er sich vornehmlich auf die Historie, Mathematik, Philosophie und heutigen Sprachen legte. Nachdem er hernach A. 1735. als Hofmeister ein Jahr in Liefland zugebracht, kam er A. 1737. nach Göttingen, und befliß sich alda vornehmlich der Rechtsgelehrsamkeit, gab aber zugleich Unterricht in der Mathematik, und im Französischen und Italiänischen. Um Michaelis 1743. fand er Gelegenheit, zu Gibichenstein bey Halle mit Amts- und Gerichts-Sachen umzugehen, und half darneben dem seel. D. Baumgarten an der Uebersetzung der benden ersten Theile von der Allgemeinen Welt-Historie. Im Früh-Jahr 1744. ward er als Stadt-Secretarius nach Göttingen zurück berufen, und ward seitdem daselbst ferner A. 1752. Vice-Syndicus, und A. 1763. zwehter Burger-Meister. Seine Academischen Arbeiten bestehen seit mehrern Jahren in einer Anweisung zur gerichtlichen und aussergerichtlichen Praxi.

S. Herrn Hof-Rath **Pütters** Versuch einer Academischen Gelehrten Geschichte von der Universität Göttingen. §. 105. S. 199.

521)

521) Winck'er (Carolus Fridericus)

I. U. Doctor, des Groß-Füsten von Rußland, und Herzogs von Hollstein = Gottorp würklicher Cantzley=Rath, und Professor Iuris Ordinarius auf der Universität zu Kiel; Ist zu Leipzig 1722. den 27 Januar gebohren, studirete seit 1737. zu Göttingen, und seit 1742. zu Leipzig; ward 1743. Notarius, 1744. Chur = Sächsischer Advocat, 1745. zu Göttingen I. U. Doctor, nachhero Syndicus der Universität Kiel, 1753. daselbst Professor Iuris Ordinarius, und nachhero würklicher Cantzley=Rath.

S. *Gr. Lud. Boehmeri Progr.* De copulae sacerdotalis à deposito Clerico furtim impetratae injusto favore. *Goettingae* 1745. Ad ejus *Disp. Inaug.*

522) Winckler (Carolus Gottfried)

Phil. & I. U. Doctor, und Assessor der Juristen=Facultät, auch Ober=Hoff=Gerichts = und Consistorial-Advocatus zu **Leipzig**; Ist daselbst 1722. gebohren, studirete allda seit 1740. ward in Leipzig 1744. Magister, 1745. I. U. Doctor, hierauf Ober=Hoff = Gerichts = und Consistorial-Advocatus, 1758. Assessor im Schöppen=Stuhle, und 1762. Assessor in der Juristen=Facultät.

S. *Io. Flor. Rivini Progr.* De invaliditate testamenti parentum, in quo liberi à patre titulo honorabili non instituti, sed plene praeteriti sunt. *Lipsiae* 1745. Ad ejus Disputationem Inauguralem.

N 3   523) Wip-

523) Wippermann (Carolus Wilhelmus)

I. U. Doctor, und Profeſſor Iuris Primarius auf der Univerſität zu Rinteln; Gebohren 1730. den 27 October zu Ludwigsburg, ſtudirete zu Tübingen und Marburg, und ward allhier 1758. I. U. Doctor, 1760. zu Rinteln Profeſſor Iuris Ordinarius, und, nach des ältern Herrn Peſtels Abſterben, 1765. Profeſſor Iuris Primarius.

524) Wolff (Georg. Chriſtian)

Phil. & I. U. Doctor, und Gräflich=Reuß=Plauiſcher Gemeinſchaftlicher Hoff=und Conſiſtorial-Rath zu Gera; Gebohren 1702. zu Freyberg, ſtudirete ſeit 1720. zu Leipzig die Theologie, ward 1723 zu Wittenberg Magiſter, und ſtudirete von da an die Rechtsgelehrſamkeit, ward ſodann Hofmeiſter bey verſchiedenen jungen Herren, mit denen er auch auf Reiſen ging, ward 1736. zu Göttingen I. U. Doctor, laß ſodann in Leipzig Collegia, kam aber 1741. als Hoff=und Conſiſtorial-Rath nach Gera.

525) VVolfart (Jo. Henricus)

I. V. Licentiatus, und Regierungs=Rath zu Hanau; Iſt zu Hanau gebohren, ſtudirete zu Marburg, ward daſelbſt 1730 I. V. Licentiatus, nachhero Profeſſor Iuris an dem Hanauiſchen Gymnaſio, hierauf

hierauf Amtmann, und endlich Regierungs-
Rath zu Hanau, und hat er in dem letztern Kriege von denen Franzosen viel Ungemach ausste-
hen müssen.

526) VVolleb (Emanuel)

I. U. Doctor , und Prætor der Stadt Ba-
fel, wie auch Privat-Docent daselbst.

527) VVürffel (Ludovicus Augustus)

L. L. A. A. & Philof. Doctor, und ICtus
zu Mannheim; Ist zu Greifswald gebohr-
ren, studirete daselbst, und zu Halle, worauf er sich
einige Jahre bey dem Reichs-Cammer-Gericht
zu Wetzlar aufgehalten, nachher ist er nach Mannheim gekommen.

528) Wunderlich (Iohann.)

J. U. Doctor, und Professor Moralium Ordinarius an dem Gymnasio zu Hamburg, auch
Ehren-Mitglied der Jenaischen Teutschen und
lateinischen Gesellschafften; Ist zu Hamburg gebohren, studirete zu Leipzig, und war A. 1744.
zu Marburg I. U. Doctor, hielt sich sodann einige Zeit zu Hamburg, und nachhero zu Quedlinburg auf, wendete sich ohngefehr A. 1753. nach
Jena, allwo er Collegia laß, und 1758. Professor Iuris Extraordinarius ward, kam 1760.
als Professor Iuris Ordinarius nach Rinteln, A.

1751.

1761. aber als Profeſſor Moralium an das Gym=
naſium nach Hamburg.

Z.

529) P. Zallwein (Gregorius)

Benedictiner aus dem Kloſter Weſſebrunn, I.
U. Doctor, Salßburgiſcher Geheimbder Rath, und
Profeſſor S S. Canonum emeritus auf der Uni=
verſität zu Salzburg.

530) P. Zech (Franciſcus Xaverius)

é Sec. Ieſu, I. U. Doctor, und Prof. ſſor S. S. Canonum Ordinarius auf der Univerſität zu Ingolſtadt.

531) von Zech (Sigismund. Chriſtian)

Herzogl. Würtembergiſcher Kriegs = Rath und
Auditeur bey dem Herzoglichen Gens d' Armes
Regiment zu Stuttgard;　Iſt A. 1728. in
Ungarn gebohren, war ſeit 1756. Profeſſor
Iuris zu Breslau, und ſeit 1758. deſignirter Pro-
feſſor Iuris zu Halle, gieng aber 1760. mit
denen Würtembergiſchen Truppen von Halle weg,
und ward Würtembergiſcher Kriegs=Rath, und
Auditeur bey dem Herzogl. Gens d'Armes Re-
giment.

532) Zincke (Georg. Henricus)

Phil. & J. U. Doctor, und Herzogl. Braun=
ſchweigiſcher Hoff=und Cammer=Rath, wie auch

Profeſſor Publicus der Cameral-und Policey-Wißenſchafften an dem Collegio Carolino zu Braunſchweig; Iſt A. 1692. den 27 September zu Altenroda in Thüringen gebohren, ward 1708. ein Soldat, ſtudirete aber nachher ſeit 1709. zu Jena, und ward allda 1713. Magiſter, gieng hierauf nach Erfurt, und von dar nach Halle, ward 1720. zu Erfurt I. U. Doctor, und ſo dann Advocat zu Halle, auch Secretarius und Syndicus bey den daſigen Colonie-Gerichten der Pfälzer, 1731. Weimariſcher Hoff-Regierungs-und Conſiſtorial-Rath, gerieth aber in Weymar in Arreſt, kam jedoch 1738. aus ſelbigem wieder loß, kam endlich 1740. nach Leipzig, wo er über die Rechte und Cameral-Wißenſchafften Collegia laß; Mit dem Anfange des Jahres 1746. kam er zu ſeiner ietzigen Bedienung nach Braunſchweig.

533) Zoller (Fridericus Gottlieb)

I. U. Doctor, Profeſſor Pandectarum Ordinarius, und Aſſeſſor des Ober-Hoff-Gerichts, wie auch der Juriſten Facultät auf der Univerſität zu Leipzig, auch Canonicus zu Zeitz; Gebohren A. 1717. den 3 December zu Leipzig, ſtudirete allda ſeit 1735. ward daſelbſt 1743. I. U. Doctor, und hierauf Advocat, 1749. Profeſſor Iuris Extraordinarius, 1752. Profeſſor Iuris Saxonici Ordinarius, 1756. Profeſſor Tit. de Verb. Sign. & de Reg. Iur. Ordinarius, und Aſſeſſor der Juriſten-Facultät 1763. Profeſſor Inſtitutionum, und 1765. Profeſſor Pandecta-

N 5 rum,

rum, auch Canonicus ʒu Zeiß, 1765. den 17.
Sept. aber Aſſeſſor Extraordinarius des Ober-
Hoff-Gerichts.

534 von Zwierlein (Jo. Jacobus)

J. U. Doctor, Comes Palat. Caeſar. Königl.
Groß-Britannicher und Chur-Braunſchweig-
lüneburgiſcher Hof-auch verſchiedener Ständte
des H. R. Reichs Rath, Advocat und Procurator bey dem Reichs-Cammer-Gericht ʒu
Weßlar; Gebohren ʒu Worms A. 1699. im
Monath December, ſtudirete ſeit 1717. ʒu Jena, und Halle, warb in Jena 1721. J. U. Doctor, 1723. den 19 Februar, Advocat bey dem
Reichs-Cammer-Gericht ʒu Weßlar, und 1730.
den 17 Julius Procurator.   Nachher iſt er
Hoff-Rath, und in des H. R. Reichs-Adel-
Standt erhoben worden.

Register

über die Städte und Orte, wo sich die hierinnen beschriebene Rechts=Gelehrte aufhalten und wohnen.

Alt=Aberdeen.

Macloed (Rodericus)

Abo.

Pryß (Olaus)

Aix in Provence.

Barriga de Montvalon (Andreas)

Aldorf.

Hoffer (Io. Bernhard.)
Linck (Wilh. Fridericus)
Spies (Wolffg. Albertus)
Stieglitz (Io. Conrad.)

Altenburg.

Hoffmann (Io. Tobias)

Akona.

Meycke (Christoph. Andr.)
Michaelis (August. Bened.)
Willebrand (Io. Petrus)

Amsterdam.

Sieben (Bartholomaeus)
von Vryhoff (H... G...)

St. Andrews.

Morton (Alexander)

Anspach.

Hirsch (Io. Christoph.)
von der Lith (Io. Wilh.)
von Neumann in Wolßfeld (Io. Frid. Wilhelm.)

Arezzo.

Perellus (Zenobius)

Arnheim.

Cannegieter (Henricus)

Arnstadt.

Hellbach (Ioan. Christian. Theodor.)

Arolsen.

Asmuth (Io. Daniel)

Augspurg.

von Herttenstein (Ludwig. Bartholom.) Edler Herr,

Aurich.

von Wicht (Matthäs)

Auxe

✳ ✳ ✳

Auxerre.

Jacquet.

Bamberg.

Ditterich (Io. Andreas Balthasar)
Hark (Io. Georg.)
Lorber von Störchen (Ignatius Christoph)
P. Mulzer (Ignatius)

Basel.

d'Annone (Io. Iacobus)
Faesch (Io. Henricus)
Falckner (Io. Henricus)
Freuler (Franciscus Gottl.)
le Grand (Lucas)
Isdin (Io. Rudolph.)
Raillard (Ieremias)
Thurnisius, oder Thurneisen (Io. Rudolph.)
Wenz (Ludovicus)
Wolleb (Emanuel)

Berlin.

von Justi (Io. Henr. Gottlob)
Kahle (Ludovicus Martin.)
Reuter (Io. Hartwig)
Steck (Io. Christoph. Wilh.)
Wesenfeld (Carolus Ludov.)

Bern.

Fellenberg (Daniel)
Lerber (Sigismundus Ludovicus)

Blankenburg.

Topp (Georg. August.)

Bonn.

Beutzel (Io. Martin.)

Braunschweig.

Zenck (Georg. Henricus)

Bremen.

Düsing (Dietericus)
Mayer (Hermann. Henricus)
von Rheden (Iohann.)
Runge (Dietericus)
Schoene (Iohann.)

Breßlau.

Lipins (Andreas Martin.)
von Walther (Anton. Balthasar)

Bützow.

Becker (Hermann.)
Mantzel (Ernest. Io. Fridericus)
Totze (Cobaldus)
Trenddenburg (Adolphus Fridericus)

Cambridge.

Dickius (Franciscus)
Taylor (Iohann.)

Camentz.

Budaeus (Io. Christian. Gotthelff)

Capellendorff.

Meckbach (Hieronym. Christoph.)

Carlo

❋ ❁ ❋

Carlsruhe.
Preuschen (Georg Ernest, Ludovicus)
Reinhard (Io. Iacobus)

Cassel.
Engelbronner (Io. Conrad.)
Engelhard (Regnerus)
Kopp (Carl Philipp.)
Schminck (Frideric. Christoph.)

Cervera.
Blanquet (Franciscus)
Finestres & de Monsalvo (Franciscus)
Finestres & de Monsalvo (Ioseph)

Cleve.
Summermann (Io. Henricus)

Coburg.
Berger (Theodorus)
von Beulwitz (Fridericus Wilhelm.)

Culenburg.
Kloeckhoff (Nicolaus)

Dantzig.
Gralath (Daniel)
Lengnich (Gottfried)

Darmstadt.
von Buri (Fridericus Carolus)

Deventer.
Jordens (Georg)

Dillenburg.
von Erath (Anton Udalricus)

Dißingen.
Meier (Johann)

Dreßden.
Chladenius (Iustus Georg.)
Graefe (Carolus Rudolph.)
Gutschmidt (Christian. Gotthelf)
Hauschild (Io. Leonhard.)
Hauswald (Io. Fridericus)
Marperger (Paul Iacob.)

Duisburg.
von Carrach (Io. Philipp.)
von Eichmann (Otto Ludovicus)
Schlegtendal (Frider. Gottfried)

Düsseldorff.
von Buinink (Goswin Iosephus)

Edimburg.
Abercromby (Iacobus)
Dick (Robertus)
Ereskine (Iohann.)

Eimbeck.
Wernher (Io. Georg.)

Eis-

Rißleben.

Feutlel (Chriſtian. Iohann.)

Erfurt.

von Bellmont (Io. Arnold.) Frey-Herr.
Brückmann (Io. Georg.)
Gerhardi (Frideric. Gott-fried)
Henne (Rudol. Chriſtoph.)
Hommel (Benjamin Gott-fried)
Hunold (Io. Ioachim.)
Rumpel (Hermann Erneſt.)
Schorch (Chriſtian. Frideric. Immanuel)
Schorch (Hieronymus Fri-dericus)
Spitz (Io. Chriſtoph.)
Turin (Adam Ignatius)

Erlangen.

Bergius (Io. Henricus Lu-dovicus)
Griger (Io. Burcard.)
Roſsmann (Andreas Elias)
Rudolph (Io. Chriſtoph.)
Schierſchmidt (Io. Iuſtinus)
Wernher (Michael Gottfr.)

Franckenhauſen.

Müldner (Io. Fridericus)

Franecker.

Arntzenius (Iohann.)
Cannegieter (Hermann.)
Wigeri (Elias)

Franckfurt am Mayn.

Moritz (Io. Fridericus)
von Moſer (Fridericus Ca-rolus)
von Ohlenſchlaeger (Io. Da-niel)
Orth (Io Philipp.)
Sorge (Frideric. Adolphus)
Span (Io. Ludovicus)

Franckfurt an der Oder.

Boehmer (Io. Samuel Fri-dericus)
Darjes (Ioachim. Georg.)
Graeven (Chriſtian Fride-ricus)
von Hackemann (Io. Gottl.)
Polac (Io. Fridericus)
von Toll (Carol. Gottlob)
Uhl (Io. Ludovicus)

Freyberg.

Klotzſch (Io. Fridericus)

Fulda.

Brack (Franciſcus Leonh. Ioſephus)
Kaufholtz (Io. Balthaſar)
P. Oberhaeuſer (Benedictus)
Papius (Io. Hermann Petrus Franciſcus)

Gera.

von Freiesleben (Io. Fride-ricus) Edler Herr, und des H. R. Reichs Ritter.

Ger'.

�֎ ✧ �֎

Gera.

Reinmann (Io. Georg.)
Wolff (Georg. Chriſtian.)

Gieſen.

Koch (Io. Chriſtoph.)
Kortholt (Franciſcus Iuſtus)
Mogen (Ludovic. Gottfr.)
Pittor (Io. Chriſtoph.)

Glasgow.

Lindeſey (Hercules)

Göttingen.

Achenwall (Gottfried)
Ayrer (Georg. Henricus)
Beckmann (Guſtav. Bernh.)
Beckmann (Otto David Henricus)
Bellmann (Ioachim. Chriſtoph.)
Boehmer (Georg. Ludovic.)
Claproth (Iuſtus)
Falckenhagen (Io. Henricus)
Gátzert (Chriſtian Hartmann Samuel)
Gebauer (Georg. Chriſtian.)
Habernikkel (Eberhard.)
Meiſter (Chriſtian. Frideric. Georg.)
Pütter (Io. Stephan.)
Riccius (Chriſtian. Gottlieb)
Richard (Chriſt. Ludov.)
von Selchow (Io. Henricus Chriſtian.)
Springer (Io. Chriſt. Erich.)
Willig (Michael Laurentius)

Goßlar.

Sieber (Iacob Gottlieb)

Gotha.

Laurentius (Io. Gottlieb)

Greiffswald.

von Aeminga (Siegfried Caeſo)
Engelbrecht (Io. Brandanus)
von Eſſen (Immanuel Chriſtoph.)
Friderici (Chriſtoph. Conrad. Wilhelm.)
Schlichtkrull (Chriſt. Nicol.)

Gröningen.

van der Keeſſel (Dionyſius Gottfried)
von der Marck (Fridericus Adolphus)
Schroeder (Ludov. Conrad.)

Haag.

Gaudio (Vincentius)

Halberſtadt.

von Lichtwer (Magnus Gottfried)

Halle.

Bertram (Philipp. Erneſt.)
Carrach (Io. Tobias)
Heisler (Philipp. Iacobus)
Ioachim (Io. Fridericus)
Knorre (Erneſt. Fridericus)
Madihn (Georg. Samuel)
Nettelblatt (Daniel)

Halle.

✻ ⚜ ✻

Halle.

Pauli (Carolus Fridericus)
Reineccius (Ioachim. Iacob.)
Weſtphal (Ern. Chriſtian.)

Hamburg.

Schubaek (Iacobus)
Wunderlich (Iohann.)

Hamm.

Vetter (Io. Fridericus)

Hanau.

von Günderrode (Io. Maximilianus)
Wolfart (Io. Henricus)

Hannover.

von Behr (Burchard. Chriſtian.)
Bremer (Benedict.)
Bünemann (Auguſt Rudolph. Ieſaias)
Grupen. (Chriſtian. Ulric.)
Iung (Io. Henricus)
von Knigge (Philipp. Carol. Freyherr)
Struben (David Georg.)
Struben (Iulius Melchior)

Haederwyk.

Bondam (Petrus)

Heydelberg.

Dahmen (Wilhelm. Anton)
Fladt (Philipp. Wilhelm. Ludovicus)

P. Gallade (Petrus)
Hennemann (Franciſc. Chriſtian.)
von Hertling (Io. Philipp.)
Müller (N.)
Wedekind (Franciſcus Ignatius)

Heilbrunn.

Holland (Chriſtian. Frider.)
Orth (Georg. Henricus)

Helmſtæt.

Eiſenhart (Io. Fridericus)
Frik (Albertus Philipp.)
Hæberlin (Franciſcus Dominicus)
Hœfler (Io. Iacobus)
Kratzenllein (Io. Henricus)
Lichtenſtein (Ioach. Theodor.)
Pælike (Carolus Fridericus)

Herborn.

Burchardi (Wolradt)
Kahrel (Hermann Frideric.)

Hildesheim.

Hinüber (Georg. Henricus)
Schubert (Carolus Frideric.)

Huſum.

Laſs (Iohann)

Jena.

Heimburg (Io. Caſpar)
Hehfeldt (Io. Auguſt.)

Jena.

※ ✿ ※

Jena.

Rave (Iacobus)
Reichardt (Io. Iacob.)
Salzmann (Gottfried Iuſtus (Wilhelm.)
Schmidt (Ioachim Erdman.)
Schmid (Io. Ludovicus)
Sonneſchmid (Wilhelm Erneſt.)
Tittel (Carolus Auguſt.)
Waitz (Io. Chriſtian.)
Walch (Carol. Fridericus)
Wideburg (Chriſtian. Iuſtus)

Ingolſtadt.

von Ickſtatt (Io. Adam.)
von Ickſtatt (Petrus)
Prugger (Io. Ioſephus)
Schiltenberger (Franciſc. Ioſeph.)
Schmid (Benedictus)
Sutor (Io. Paul.)
P. Zech (Franciſc. Xaverius)

Kiel.

Elend v. Elend heim (Gottfried Henric.)
Gadendam (Io. Wilhelm.)
Winckler (Carolus Fridericus)

Königsberg.

Braun (Chriſtian. Renatus)
Gregorovius (Io. Adam.)
Ieſler (Sigism. Chriſtoph.)
von Kowalewsky (Coeleſtinus)
Kurella (Iacob Henricus)

L'Eſtocq (Io. Ludovicus)
Ohlius (Iacob Henricus)
Schinemann (Georg. Theodor.)
Weber (Chriſtian. Gottlieb)

Königſtein an der Elbe.

Hainius (Io. Gottfried)

Koppenbagen.

Ancker (Petrus Kofœd)
Hübner (Martinus)
Kirchof (Io. Henricus)
Mœlmann (Bernhard.)
von Obelitz (Balthaſar Gebhard.)
Sevel (Fridericus Chriſtian.)
Stampe (Henricus)

Bloſter Langheim.

Bregler (Philipp. Frideric.)

Lauſanne.

Vicat (Beatus Philippus)

Leiden.

Peſtel (Fridericus Wilhelm.)
Rücker (Io. Conrad.)
Sellius (Gottfried)
Voorda (Bavius)
Weis (Andreas)

Leipzig.

Albrecht (Io. Lüder)
Bauer (Henricus Gottfried)
Boerner (Georg. Theophilus, oder Gottlieb)

D   Leipſ

Leipzig.

Born (Iacob. Henricus)
Breuning (Chriftian. Henr.)
Francke (Henr. Gottlieb)
Hommel (Carol. Ferdin.)
Rübler (Frideric. Balthafar)
Iœcher (Gottfried Leonh.)
Iunius (Frideric. Auguft.)
Kind (Io. Chriftoph.)
Klingher (Io. Gottlob)
Koeh (Carolus Gottlob)
Künhold (Fridericus Alexander)
Küftner (Chriftian. Wilh.)
Langguth (Io. Ludovicus)
Mager (Io. Fridericus)
Mylius (Frideric. Henric.)
Neuhaus (Io. Wendelinus)
Platner (Fridericus)
Platz (Georg. Chriftoph.)
Püttmann (Iofias Ludovic. Erneft.)
Richter (Io. Tobias)
Rivinus (Auguft. Florens)
Sammet (Io. Gottfried)
Schacher (Quirin. Gottfr.)
Schött (Auguft. Fridericus)
Schreber (Daniel Gottfr.)
Schumann (Gottlieb)
Seeger (Io. Theophilus, ober Gottlieb)
Sieber (Io. Gottfried)
Steger (Adrianus Deodatus)
Stiglitz (Chriftian. Ludov.)
Teller (Romanus)
Thomafius (Traugott)
Wagner (Thomas)
Wilcke (David Gottfried Aegidius)

Winckler (Carolus Gottfr.)
Zoller (Fridericus Gottlieb)

Liegniß.

Heineccius (Ioan. Chriftian.)
Schepler (Cafpar Gottfr.)

Lindau im Bodenfee.

Fels (Iacobus)

Lingen.

von Loen, ober, Loon (Io. Michael)
Wasmuth (Philipp.)

Lübeck.

Brokes (Henricus)
Detharding (Georg. Aug.)
Dreyer (Io. Carol. Henric.)

Lüneburg.

Iugler (Io. Fridericus)

Lund.

Collin (Laurentius Iohann.)

Mannheim.

Würffel (Ludovicus Auguftus)

Marburg.

Boenhart (Chriftian. Adolphus)
Conradi (Io. Ludovicus)
Eftor (Io. Georg.)
Geiger (Chriftoph. Frider.)

Mar.

Marburg.

Hoffmann (Io. Andreas)
Hombergk zu Vach (Ae-
   milius Ludovicus)
Rabe (Io. Iuftus)
Sorber (Io. Iacobus)

Mayntz.

Behlen (Ludovicus Philipp.)
Dahm (Io. Michael)
Dürr (Francifcus Anton.)
Hahn (Io. Philipp.) —
Horix (Iohann.)
Neureuter (Io. Georg.)
Schlœr (Io. Georg.)
Will (Io. Rudolph.)

Merfeburg.

Kiritz (Carolus Erdmann.)
Neuber (Io. Auguft.)
Schwope (Chriftian. Mau-
   ritius)

Middelburg in Seeland.

Reitz (Wilhelm. Otto)

Minden.

Piper (F.... G....)

Modena.

Ualdrighi (Bartholomæus)

Montpellier.

Barthes (Paul. Iofeph.)

Mofcau.

Dilthey (Philippus)

München.

Eckher (Francifcus Iacob.
   Wilhelmus)
Freyherr von Kraitmayr
   auf Offentletten (Wigu-
   leus Xaverius Aloyfius)
Lippert (Io. Cafpar.)
Lori (Io. Georg.)

Münfter.

Schücking (Chriftoph. Bernhard. Iofeph.)

Naumburg.

Holderrieder (Io. Laurent.)

Neapolis.

de Ianuario (Iofeph. Aure-
   lius)
d'Orimini.
Sergius (Io. Antonius)
Tanuccius (Bernhardus)

Nördlingen.

Dolp (Daniel Eberhard.)

Noffen.

Hoffmann (Gottfried Aug.)

Nürnberg.

Feuerlein (Io. Conradus)
Haukritz (Georg. Laurent.)
König von Königsthal (Gu-
   ftav. Georg.)
Lochner (Io. Michael Fri-
   dericus)

Nymegen.

Bornmann (Henricus Walther)

Odensee.

von Haven (Niels)

Oehringen.

Hanselmann (Christian. Ernestus)

Oberruff.

von Beust (Ioachim. Ernestus)

Olmüz.

Bösensell (Henricus Anton.)

Osford.

Blakstone (Wilhelm.)
Ienner (Robertus)

Padua.

Busenellus (Petrus)

Mastraca (Stylianus)

Paris.

Crassus.
Denisart (J... B...)
Durand de Maillanne
Lalaure.
Lorry (Franciscus)
Mannory.
Muyart de Vouglans (Pierre François)
Pajon.

de la Roche.
Terrasson (Antonius)

Passau.

Drümel Io. Henricus)

Perugia.

Meniconus (Franciscus)

Pisa.

dal Borgo (Flaminius)
Guadagni (Leopold. Andr.)
Magioni (Migliorotto)
Vannuchi.

Pistoja.

Rosatus (Antonius)

Prag.

de Boor (Io. Nepomucen. Wencesl. Dworzask)
Dewald (Ioseph. Daniel)
Feigel (N....)
Heinke (Francisc. Ioseph.)
Schrodt (Ioseph. Francisc. Lotharius)
Schuster (Ioseph. Anton.)

Regensparg.

von Pistorius (Wilhelm. Fridericus)
Plato, sonst Wild genannt, (Georg. Gottlieb)

Reutlingen.

Beger (Eusebius)
Beger (Georg. David)

Rin

✳ ✟ ✳

Rinteln.

Ihringk (Diedericus Chri-
    ſtoph.)
Meckert (Io. Nicolaus)
Moeller (Reinh. Abraham.)
Wippermann (Carol. Wil-
    helm.)

Rom.

Danieli (Petrus Antonius)
Dunius (Emanuel)
Mattei (Lanfrancus)
de Vecchis (Nicolaus)

Roſtock.

Baleke (Iacob. Henricus)
Behm (Chriſtian. Io. Lu-
    dovicus)
Pele (Io. Nicolaus)
Quiſtorp Io. Chriſtian.)
Künberg (Iacob. Friderie.)
Rudloſſ (Erneſt. Auguſt.)
Stein (Ioachim. Lucas)
Taddel (Henricus Frideric.)
Wiele (Walther Vincentius)

Rotterdam.

Meermann (Gerhard.)

Rouen.

Pesnelle.

Rudolſtadt.

von Ketelhodt (Carol. Ger-
    hard.)
von Ketelhodt (Chriſtian.
    Ulricus)

Salamanta.

Balnearius (Simon)
Chafreonius (Matthias)
Paſchaſius.
Serigius.

Saltz-Bommel.

von der Burgh, ober Bourgh
    (Eberhard. Winand.)

Saltzburg.

P. Langheyder (Conſtant.)
Peregrini (Io. Dominicus)
Schlosgængl von Edlen-
    bach (Francisc. Ioſephi
    Carol.)
Stainhauſer (Io. Philipp.)
P. Zallwein (Gregorius)

Schleßwig.

Camerer (Io. Fridericus)

Schleuſingen.

Meis (Chriſtian. Fridericus)

Schneeberg.

Gottſchaldt [Chriſtian. Hen-
    ricus]

Schweinfurt.

Schœpff [Carol. Fridericus]

Schwerin.

Berg [Io. Fridericus]
Schmidt [Io. Petrus]

Son-

Sondershausen.
Hörschelmann [Frideric. Ludovicus Anton.]

Sorau.
Erichsen [Iohn]
Kold, oder Cold [Isaac Andreas]
Schütte [Andreas]

Stargard.
Dickhof [Otto Diedericus]

Stettin.
Oelrichs [Io. Carol. Conr.]

Stockholm.
von Benzelstierna [Iohan.]

Stralsund.
Fischer [Martin. Gustavus]

Straßburg.
Ehrlen [Io. Fridericus]
Kugler [Io. Reinhard.]
Lorenz [Io. Michael]
Treitlinger [Io. Christian.]
Wieger [Iohann.]

Straubingen.
Prechtl [Conrad. Aloysius]

Strelitz.
Jargow [Christoph. Georg.]
Seip [Anton. Ludovicus]

Stuttgard.
Eisenbach [Io. Fridericus]

Gerstlacher [Carolus Fridericus]
von Moser [Io. Iacobus]
Mylius [Ernest. Henricus]
Rentz [Günther Albertus]
von Zech [Sigismund. Christian.]

Tennstädt.
Lauhn [Bernhard. Frideric. Rudolph]

Trier.
Münich [Io. Arnoldus]
Neller [Georg. Christoph.]
Prætorius [Io. Philippus]
Susewind [Ludovicus Augustus]

Tübingen.
Cantz [Eberh. Christoph.]
Harpprecht [Christoph. Fridericus]
Heltserich [Io. Fridericus]
Hiller [Christian. Frider.]
Hoffmann [Gottfr. Daniel]
Kapff [Sixtus Iacobus]
Schœpff [Wolffg. Adam.]
Smalkalder [Ludov. Conr.]
Tafinger [Frider. Wilh.]

Turin.
Brunus [Ioseph Antonius]
Jaime [Felix Iohann.]

Valentia in Spanien.
Berni y Catala [Iosephus]
Masansius [Gregorius]

Ulm.
Bartholomæi [Io. Daniel]

Upsal

✽ ✽ ✽

Upfala.

Berch [Andreas]
Fick [Io. Ericus]
Solander [Daniel]
Wall [Nicolaus]

Utrecht.

Houck [Frider. Gottfr.]
Rücker [Io. Gerh. Chriſtian.]
Trotz [Chriſtian. Henricus]

Weimar.

Lamm [Io. Georg.]
Schmid [Achatius Ludov.
Carol.]
von Wilcke [Io. Georg. Lebrecht]

Weißenburg in Nordgau.

Scopp [Io. Georg.]

Wetzlar.

Brandt [Io. Ferdin. Wilh.]
von Cramer [Io. Ulricus]
Freyherr
von Dünwald [Ferdinand.
Henr.] Freyherr
Hauſ (Damianus Ferdinandus)
von Harpprecht [Io. Henr.]
Freyherr
von Nettelbla [Chriſtian.]
Freyherr
von Summermann [Io. Wilhelm.] Freyherr

von Plœnnies [Georg. Fridericus] Ebler
von Zwierlein [Io. Iacob.]

Wien.

Banniza [Io. Petrus]
Banniza [Ioſeph. Leonh.]
von Beck [Chriſtian. Aug.]
Freyherr
Blum de Kempis [Henricus
[Balthaſar]
Bocriſius [Io. Henricus]
Bourgignon, oder Bourgognion [Franciſcus]
von Braun [Carol. Adolph.]
Freyherr
Lambacher [Philip. Iacob.]
von Martini [Carolus]
Olynche [Michael]
Picker [Iohann.]
von Poeck [Frider. Auguſt.]
von Riegger [Paul Ioſeph.]
Schrœdter [Franciſc. Ferd.]
von Senckenberg [Henric.
Chriſtian.] Freyherr
von Sonnenfels [Ioſeph.]

Wißmar.

von Balthaſar [Auguſtinus]
Quiſtorp [Theodor. Iohan.]

Wittenberg.

Chladenius [Erneſt. Martinus]
Fiſcher [Fridericus Auguſt.]
Klügel [Gottlob Chriſtian.]
Klügel (Erneſt. Gottfried.
Chriſtian.)

✸ ✸ ✸

Wittenberg.

Kraus [Georg. Fridericus]
Paulli [Martin. Gottlieb]
Ritter [Io. Daniel]
von Schellwitz [Iustus Chri-
   stian. Ludov.]
Wiesand [Georg. Stephan.]

Wolffenbüttel.

Koch [Henricus Andreas]

Worms.

Wagner [Georg. Wilhelm.]

Würzburg.

Barthel [Io. Caspar.]
Baumann [Adam.]
Behr [Georg. Antonius]
Endres [Io. Nepomucenus]
Haus [Franciscus Melchior
   Anton.]

Schneid [Iosephus Iohann.
   Ignat. Xaverius
Sündermahler [Ioan. Iacob.
   Ioseph.]
Unger [Io. Christian. Iof.
   Francisc. Ignatius]

Zeitz.

Grubner [Io. Christian.]
Salig [Io. Christian.]

Zelle.

von Berger [Io. August.]
Pufendorf [Frideric. Esaias]

Zürch.

Leu [Io. Iacobus]

Zweybrücken.

Croll [Georg. Christian.]